三民叢刊194

波西米亞樓

嚴歌苓 著

三民書局印行

自序

嚴歌苓

這個散文集是自我出國至今九年來的第一個散文集。其中〈一天的斷想〉發表在出國前夕，一九八九年八月。那種心高志遠、才大氣粗的不滿三十歲的我，令今天的我讀來覺得臉紅。十年一覺，似乎從「少年不識愁滋味」到了「卻道天涼好個秋」，境界和心態的改變，都是近十年來「識盡愁滋味」的緣故。

一般情形下我不寫散文，除了各報編輯們有殷切的稿約，情面難卻。有時實在想對一些事物發表看法，又一時不能在小說中找到合適的人物，藉他（她）的口來表白，便祇好白話直說了。我曾在一本小說集的後記中寫道：寫小說是因為可以安全地撒謊，而散文沒有這種便利。

第一個把我介紹給三民書局劉振強先生的，是已故詩人梅新。我每憶起劉先生請我和梅新先生去秀蘭小館吃上海家常菜，那種記憶的新鮮，使我拒絕相信與梅新先生已是隔世的情誼。那時我在臺灣還是個新名字，劉先生就答應為我出書。對劉先生和梅新先生的感激心情，也是我這篇小序的主要內容。那之後我在三民書局出了一系列的書，包括新近在臺灣得金馬獎的《天浴》，它的原著也是在「三民」出的。這本散文中，有一篇是寫給梅新先生的緬懷文章，當時因此類文章過份擁擠，沒有得到在報章發表的機會。其實，促使我編輯這本散文的一部份原因，是想使這篇文章問世。我的父親說：「急於報德和急於報怨一樣，都是俗氣的表現。」梅新先生過世已一年有餘，現在表達我的知恩圖報，大概沒有「急於」之嫌了。我知道劉振強先生是梅新先生的生前好友，在「三民」出版這冊散文，我、劉先生、梅新先生，似乎又是一聚。

一九九九年元月十九日

波西米亞樓

【目　次】

一天的斷想

我回來了，從美國的秋天，澳洲的夏天，新加坡的春天，直接回到北京的冬天。結束了十個月的國外生活，或叫它訪問、旅行、流浪都可以。

一切都跟著我回來了：創作時固有的生活習慣、生命狀態、生物鐘點。我的早晨是許多人的半夜。

很冷，暖氣要在半小時後才會來。長久以來我就是這麼一個地道的笨鳥，除了頭一個飛出林子別無指望。第一件事是關掉電話鈴，到午飯前，無論火警匪警我都是渾然。我在十幾平米的空間踱步，像那種不得不長途跋涉去上班的人，還像一頭心事重重，盡量拖延不肯上套的驢。我極怕坐到那把椅子上，極怕拾起那支筆，就像多年前，我摸黑起床，匆忙梳洗，進了練功房卻極怕換上舞鞋，極怕把腿擱上把杆。因為我知道自己的德行，一旦拾起筆，一旦穿上舞鞋，我就會把自己傾榨到再也寫不出一個字，再也掄不動一下腿。

有時會鄙夷地問自己，這樣慘淡經營地寫出幾部長篇小說，是否就很有道理地不孝父母、不理朋友，不收拾房間，不做飯，不聽音樂，不去領免費但需排大半天隊的軍用罐頭呢？周圍的一切都在提醒我：該寫信了，該洗衣服了，該吃頓像樣的飯了。

同時又懊悔得要命：在鏡子前多站了幾次；晚飯吃掉一小時因為在食堂與人陷入了一個興奮的話題；本來祇看新聞卻順勢看了個挺噁心的電視劇；原想學「托福」結果捧了本英文小說直讀到睡覺，精打細算的一天時間全砸了，這個人貌似勤奮刻苦卻仍是個渾渾噩噩的東西。每時每刻我都對自己有這樣多的不滿，搞得本來就孤家寡人的自己都很難與自己相處。

有人曾經跑來對我說：「你呀，你知道你怎麼回個事嗎？」他猶豫著，一面判斷我是否吃得消他下面的話：「一切的一切都是因為你太想出名！」

「對極了！」我立刻說。這倒使他意外了，使他的話一下子沒了揭露性。接著我告訴他我從四歲就醉心功名。那時我的母親常帶我去參加一週一度的詩歌會，那是個雲集著小城市大名流的地方。當一個著名詩人上場時氣氛一下就不一樣了；每個人的笑都顯得可憐巴巴，每個人明明在捧場卻都含著微量的敵意。當時我想，當一個大名人多麼好啊，起碼比當我父親這樣的中流名人要省力，因為一個中流名人暗裡追求成功，明裡卻得追求淡泊，必須掌握大量哲理，擺出大量姿態，向自己和向別人否定這個追求，最終剩下的精力和時間祇夠讓他位居中流。

一個美國青年對我說：「今天我之所以活著，就是因為明天我有可能成功，這些成功的可能性裡包括我被競選為總統。」一個臺灣少婦告訴我：「為了做一個最成功的太太，有時我都累得沒有命了！」一個新加坡華人說：「一個國家的成功是無數個人成功相加起來的。」我很想告訴他們我們始終被教育著去盡量忽略個人成功，但面對著無論是相同人種還是不同人種，我都生怕講不清。

寫長篇小說對我來說是件太偶然的事。編輯馬馬虎虎地約稿，我就嘻嘻哈哈答應了。但我心裡卻是十分當真的。至今我仍對任何編輯的約稿感到受寵若驚，包括那些毫無誠意的。我所說的偶然，就是我恰恰又碰上了一位比我更把這事當真的編輯，他的馬馬虎虎和我的嘻嘻哈哈不過都是存心給自己留餘地，留退路。這樣我才認真幹起來。什麼事都是在你不知怎麼幹時幹得特別順手，三個月時間我就完成了《綠血》三十萬字的初稿。這速度快得簡直讓我難為情。

我斷定再甭想從自己腦子裡榨出一個字的時候，才從椅子上站起來。什麼都涼了，手、腳、血液，包括胸前綁著的大熱水袋。雖然我把日曆、鐘表一律翻成背向我，我仍清楚地知道這是某年某月某日的一個午飯時間。

錢和時間在這年頭都極不經花，但錢好歹還能儲蓄。有時我甚至想，失眠就讓它失吧，不必花許多時間跑衛生所，花許多時間說服醫生開給我大劑量的安眠藥。把失眠的時間用來讀書沒準倒讀出個學者來了。但別人不同意，我的親友和一切人都不能允許這個人在人人皆睡的時間獨她醒著，所以我還是去睡。先是仔細地睡，再是努力地睡，最後是歇斯底里地睡，直睡到倦意全無，大汗淋漓。一次最長的失眠是三十四個通宵，當我硬撐著坐到稿紙前時，不得不承認腦子已接近一個白痴。這時，眼淚嘩嘩地在我臉上流，因為我突然意識到，我非但不能做一個成功的作家，我恐怕連個正常的人都算不上了。

在我把長篇小說稿扛到編輯面前時，隻字不提我的失眠，以及由失眠引起的種種病症諸如突發性頭痛，它痛得讓我很自然地想到女人臨盆時的陣痛，痛得真像有什麼東西要從中娩出似的。交了稿後，我一連許多天不敢見編輯，我又是失眠又是頭痛地寫掉了偌大一摞稿箋，若不成，我祇有自殺去了。幸而它們都成了。之後，有人向我談起我的小說文字之流暢，結構之整體，什麼一氣呵成之類的話時，我就在心裡說：「天曉得！」

我的午飯通常是蘇打餅乾、牛奶，闊的時候吃點水果。不能吃飽，吃個大飽午飯的惡劣後果是個大長午覺。失眠人往往在沒希望睡的時候鬧瞌睡。在美國時有人問我：「我在大陸看見許多辦公室裡放著床，是怎麼回事？」我告訴他那多半是午覺設備。他想了一會兒說：

「你們什麼時候把床從辦公室搬出去，你們就有希望了。」

我總是在午飯時間打開電話鈴。一九八七年九月的一天，電話裡傳出一個怪極了的聲音：

「你是女作家嚴歌苓嗎？」

我說是。心想這人有什麼病。他說他是美國大使館新聞文化處的，看了《中國日報》上介紹我的文章對我很感興趣，並問我對美國感不感興趣。我說當然。「那麼我們給你一個機會到美國訪問。」

接下去，這個講中國話的美國人問我想見哪些美國作家，我一口氣講出幾個估計都健在的，但心裡想，我想見誰得看誰想見我。等我掛上電話，發現十個手指尖都在打顫。我除了對自己的堅韌自信之外，對我所具有的任何東西都沒有自信過。我從不結交朋友，因為我相信自己毫無社交魅力；我喜好穿著，那是我相信自己不夠漂亮；我從不把小說推薦給任何人，那是我認為它們全是些辜負我的東西。我沒有自信，因此我遠不能瀟灑地、泰然地對待這樣一個消息的降臨。連續幾天，我激動得什麼也做不了，並且不想與任何人講話。十九歲那年，當我第一次發表作品時，也興奮得悶聲不響了好幾日，除了偶然向著一片空虛傻笑一下。也就是從那時起，我不安份了，不再想老老實實做個舞蹈演員，不再從早到晚穿著一雙骯髒的舞鞋，毫無指望地蹦啊蹦，我瞄準了，或許有另一種成功的可能，一個大的轉折或許就在前面等著我。

直到我到了美國，我想見的大作家們絕大多數都沒見著時，我才進一步明白，在我的祖國和這個國家之間沒有平等可言；在我與他們之間更沒有平等可言。因此我把這次訪問看成自己某種意義、某種程度的成功，實在有些可憐。

我從童年，少年，直到如今，所做的一切努力都是在躲避做一個平凡的人。我想我們十多億之眾的國家並不缺少平凡者，不必再向人人提倡平凡。戰國時的大夫們，若三個月閒居，主張和思想不被採納，自己不被任用，就有同僚來安慰他了，他也就恥於繼續默默無聞地待在這個國家，而是驅車出走，到別國尋求重視。看來追求平凡也並非我們民族世襲的美德。

第三部長篇《雌性的草地》，我寫得極苦，這是個地道的「怪胎」，連修改都很難找到地方下手。它害得我寫壞了脾氣、胃口，以及與母親的關係。母親是在我的開導下和父親離婚的，父親是在我的支持下得到感情上的解放的。我通常是以又長又頻繁的信來安慰感情上有傷的母親，而這次卻長達三個月我沒給她一封像樣的信。甚至她提出要來看我，也被我硬著心拒絕了。在這部小說裡我為自己設計的難度，使我無力再顧及別的什麼，連去美國的訪問都變得不重要起來，訪問日期被我幾次申請推遲。看見媽媽信上寫：「年輕時，我以為丈夫需要我；年老了，我又總以為女兒會需要我，實際上，我始終在自作多情。」我為這些詞句流淚，心裡既煩惱又委屈。

當我從國外回來，能夠講一口流利的英語，有人把這歸結為聰明。我卻說：「聰明是頂靠不住的東西。」我真的這樣想，一個人最優越的素質是頑強、堅韌。祇有頑強堅韌將如數報償你所付出的一切：時間，精力，辛苦而枯索的整整一段青春。

記得有次我餓極了卻找不出東西吃，就喝兩包板蘭根。一時想起韓愈說的：「愚不惟道之險夷，行且不息，以蹈于窮餓之水火……」但願我之辛苦不被人斥成活該；但願有一日無數成功的個體相加成一個成功的民族。

天暗下來了。我也想歇下來，不閱讀，不看英語，不做任何正而八經的思考。想找誰聊聊天，想讓誰用些散淡的話題來按摩一下我緊張得抽了筋的思維。然而我打消了這念頭，因為在我需要別人的時候並不一定是別人需要我的時候。日子真的是很苦。

我可以永遠吃苦，但我不可能永遠年輕……

寫稿佬手記

據說有三個因素導致一個小說家的成功。當然，天份除外。一是父母離異（或早喪），二是家道中落，三是先天體弱。粗粗核實，發現曹雪芹與魯迅符合後兩宗，布朗特三姊妹馬馬虎虎將三宗都兼擅，其他的，符合任何一宗都合理也都牽強。這類話好比占卦，認真追究，它強詞奪理，好歹都謅得圓。正要不屑，突然意識到自己倒恰巧具備這三個因素。成功還沒影子，三種不幸卻始終鞍前馬後跟著我，與我熟得不能再熟。

我從聽懂人話，就開始聽父母把「離婚」當歌唱。他們都搞藝術，吵架的臺詞是這樣：「你簡直像偓倫茨基！」「噢，那你以為你就是安娜・卡列尼娜嘍?!」七歲能讀書了，我便吃力地辨認出父親書海中的《安娜・卡列尼娜》。它是個開始，從它，我慢慢走入許多個比父母不幸，更豐富，更衝突的情感世界。

像別的父母習慣於哭鬧的孩子一樣，我習慣了哭鬧的父母。

那時我害著貧血，慢性口腔潰瘍，按外婆的話，是個「吃不香、睡不沉的孩子」。這種孩子出去與人捉迷藏，跳繩踢毽子是不會佔優勢的。但我很快在另一領域發現了自己優勢，就是講故事。十歲左右的我已給我的朋友講述過小仲馬的《茶花女》，雨果的《巴黎聖母院》、《悲慘世界》、《笑面人》。在講述中，我並不忠實於原著，一些細節我記不清了，或我不滿意作者對某些人物命運的安排，我便按我的意願去即興了。比如講到《悲慘世界》中冉阿讓看著苛賽特被她的戀人帶走，他與她很長久地對視一眼，一下子明白了潛在他倆之間真正的感情，他們都忍下了眼淚。這是我發揮的。我認為他們之間不止是一種父女情感，還有最偉大的愛情深植於他們，這愛情的純度與力量正在於毫無可能去實現它；它的誕生就伴同著犧牲。因此，經我敘述的經典小說，都是走樣的，在我的有意和無意中，它們變成我自己的版本了。我從不肯老老實實複述一個故事。那時我並不知道，那便是我創作慾最初的體現。後來文革來了，文革就是把一切「文」都「革」掉，父母和他的朋友們一夜間成了反動作家，反動文人，反動這，反動那。大家的書被燒了，被抄家抄走了，被封存了。我的故事，走樣歸走樣，畢竟成了我同齡朋友們的書。一天看著幾個叫紅衛兵的東西朝我們的父輩作歹，我大聲說了句雨果的話：「狼啊，千萬別墮落成人！」聽過我故事的伙伴們瘋子一樣笑了。

現在想想我那時繪聲繪色、眉飛色舞地講述成年人複雜的故事和情感，我驚異自己的早熟，幾乎是個沒有童年、童趣、童心的孩子。

文革後，父親與他的朋友們又作他們的文人、作家了。去掉前面的「反動」，一大堆痛苦經歷卻留在他們生命中了。他們變得不那麼認真，或叫作「看透了」，痛苦的事情常拿出來插科打諢著說。我卻聽得很細，記得很牢，再去潤了色講給我的同齡朋友。一天，斷電了，幹不了別的，衹有講故事。我講到一個畫家和狗的故事。突然來了電，我看見每個人臉上都有淚。

我心裡過意不去，因為這個故事是我添枝加葉，幾乎無中生有編出來的。編故事，不就是小說家頭一件要做的事嗎？看來這頭一件事我幹得不壞，那麼我來用筆編著試試？很輕鬆地，我的第一個作品問世了。頭一回看到自己的名字變成鉛字，我就跟不認得它一樣，瞅了它好久。那時我二十一歲。二十一歲，尚沒有想到文學創作是件非常嚴肅的職業，它該包涵大量的、沉重的思考。二十一歲的我僅從鉛印的名字中得到快感，就夠了。

漸漸地，鉛印的名字對我不再有刺激。真正的快感來自於幾行被寫訖的，令自己滿意的文字。這種快感可不那麼容易出現了。一連幾小時、幾天的枯坐，它不出現，您想它想得再癡也沒用。也就在這時，文學才露出它嚴酷、冷峻的真實面目。完全不是用筆用紙編一個故事，筆一扔，拽拽坐皺的褲子，輕快說一聲：「完嘍！」像玩完一場遊戲。與初時的遊戲感相比，我發現它更像一件宗教功課，坐在那兒，對一面空壁。精彩、近乎神來的幾段或幾行或許今天來，或許明年也不來，但就為那幾段，你得坐下去，它不期然而至時，你的筆和紙可以盛接它，否則它便白白流走。

因此我就每天如一地去坐，哪怕這枝筆衹在紙上畫圈圈。有時突然拾起筆，又發現並沒有吟成句子，筆又擱下。世上沒有比這個「坐」更苦的差事了。這個「坐」會壞了你的胃口、睡眠、脾氣，以及這根頗年輕的脊椎。

有時會鄙夷地問自己，這樣慘淡經營地寫出幾部書來，是否就很有道理地不孝順父母、不理會朋友、不收拾房間、不做飯、不聽音樂、不按時上脊椎按摩師那兒就診？周圍的一切都在提醒我：該寫信了，該洗衣服了，該吃頓像樣的飯了。像是要躲掉父母諸如此類的嘮叨，我到美國來了。美國什麼都是可以的，您想寫死在你的小說裡，也是可以的。

在中國，有人說我在寫名氣；美國人認為我在寫錢。我想，能寫得出名氣和錢我絕不反對，但我要寫的，卻不是這兩樣。我在寫的是這麼個東西；在人們將來說它好或不好時，我都能寬恕地笑笑。那個東西衹有等我寫出它，我才會認得它；它無所謂好壞，它衹是讓我滿足。

太陽斜下去，我也想從桌前站起，不讀、不寫、不做任何正經八百的思考。想找誰聊天，想讓誰用閒的話題來按摩一下我緊張得抽了筋的思維。然而我打消了這念頭，因為在我需要別人的時候並不一定是別人需要我的時候。你要清靜，就要個徹底的吧。

考場心電圖

我這輩子怕的事比不怕的多。怕打針，怕進理髮店，怕牙醫的椅子，最怕的卻是考試。幸而文革在我上一年級開始了，考試是被「革」掉的眾多內容之一。學生們事先把答案用黑筆寫在黑漆桌面上，考試時朝桌面哈哈氣，字跡便顯出來。然後抄到考卷上去。老師這時衹去看天花板，看窗外，或者看他心境中一個抽象的遠方。絕不來看我們，絕看不見我們這時的為非作歹。不然怎麼辦？這時師生一對視，大家不都得窘死？那年頭老師又惹不起學生，全是「小將」，一聲叱咤，「打倒孔孟之道、師道尊嚴」，老師第二天就得下講臺掃廁所去。

因此我回到家裡仍是什麼也不會。爸那時天天被罰做苦力，罰在人前唸經一樣唸：「我有罪我該死」。但在家裡卻還做他的老子，他把在人前收起的威風尊嚴在我面前抖出來了。

「給我算這些題！」

我說：「啊?!」

「考你啊——一元一次方程式都搞不清你還有臉做學生?!」

我腦子裡跑飛機一樣轟轟的，看著一紙習題。我想爸這輩子在做人處世上的考試怎麼也及格不了。他若肯省些事，少頂些真，像我的老師們那樣，我們全家也少跟他受些作踐。歷場政治運動，對他都是小考大考；不歇氣的考怎麼就沒把他考明白、考乖巧？他回回唸「我有罪」原來也像我們抄答案，抄過就抄過了，根本就沒往心裡放，根本還是但求得過且過。在我看，他在政治上、社會上，在人際關係上，一向交白卷，從來沒被考出半點長進。我在爸出的考卷上填了些數字。

爸將卷子端到臉前，立刻抄起枝筆在上面通天貫地打了個大「×」。勁兒之足，像是左右開弓給它兩個大耳光。

「你給我當心點。別以為在學校混混，就完了，下回我還要像今天這樣考你的！」

也許就怕他那個「下回」，我就此在無考試的年代怕透了考試。一九七七年，文革被官方宣告結束，高考恢復了。我偷偷準備功課，想考電影學院或戲劇學院。幹嘛「偷偷」呢？主要是瞞著爸。若考得太臭，爸雖不至於再在我的考卷上搧耳光，至少在心目中把對我的希望兩筆劃掉了。在他受苦受辱的生命中，我不是作為我活著，而是作為他活的希望而活著。我是不可以辭去「希望」這角色的。他會與人半癡半癲地談到我如何天才，如何近乎「七步成詩」，如何大器而不晚成。我是偷偷寫作，偷偷發表了作品，得了獎。我一直是偷偷的。我怕作品及不上他的希望。他大致知道我在幹什麼，大致知道我在文學界混得還有個眉目。因為他一天突然說：「憑你的作品，為什麼不去考考學校？比如考考編劇系、文學系什麼的？」

「我？我不考。」見他眼一鼓，像憋住一口話，我搶先說：「有什麼考頭？哪個作家是考出來的？考試是種心理和生理過程，跟學識無關；考得好壞，取決於你是否能控制和順應這個過程。心理和生理反應不及所料，跟你學識有什麼關係？」

爸鼓起的眼平息下去，研究了一會我的理論，說：「你想得這麼開就真別去考了。」

我真的就沒去考。兒時他給我「劈啪」那兩下子，兩張封條似的把我對考試的信心、正常精神狀態全封死在裡面。人或多或少有些憂鬱症。對許多東西有道理沒道理的恐懼是我的憂鬱症。我不能想像考試前沒完沒了機械地背這背那，走進考場聽監考人宣布不允許這不允許那。再就是考完後的等待，在那種等待中，人還會有胃口有睡眠嗎？最怕最怕，自然仍是爸的反應。看透了他的這個「希望」，他在自己生存的考卷上就看到了一個頂徹底的失誤。文革過去，他仍是頗失敗的與社會、與人相處，人人都從文革中練出狡詐和殘忍，他仍是永無起色地天真和誠摯。他半明白半渾沌地讓人在他身上開發利用他的才華學識；當我看見一個文霸以合作為名，不勞而獲地用爸的心血腦汁在名望上步步登高，我慘笑：爸此生這張巨大無形的考卷喲!……

我不去考，也就考不敗，爸不順心的一輩子，就仍存在一個希望。

而美國是躲不過考試的。「托福」、「ＧＲＥ」、「資格考」，你還沒從這考場的椅子上站起，那場考試又把你壓下去。美國孬的好的大學都是機械化，祇認得考卷上的數碼，不認天才成就。我想取巧，便跟學校負責錄取的辦公室打了個電話。

「我想和系主任談一次話!……」

「你的文件中缺兩份考試結果!」

「我可以跟系主任約個時間嗎?」

「當然可以，等你兩個考分出來之後!」

「不，我想儘快跟他談!」

「好極了，那你儘快參加兩項考試!……」

我祇得去考。考前一禮拜我心裡老出現「葬禮進行曲」。在這進行曲當中，我想到爸那蹉跎的一生。還想到萬一考不好，我獎學金就落空，房錢飯錢以及繼續讀語言學校的錢都從那兒來。有人偏在這時告訴我：「頭回考不好，以後考會更難!」終於坐在考場時，我忽然感到將襯衫紮在褲腰裡是個錯誤，極不舒適；而清早吃一大頓也是不智的，中間會去上廁所。

睡眠不足，使整個考試過程成了個惡夢。考試中有個女生昏倒，好在不是我。

我知道我考得一塌糊塗。

就在考完的當天晚上，電話鈴響了。卻是爸。「你明天要考試啦！好好考，別怕！你一向怕考試，真是莫名其妙！考試有什麼怕頭？……」他嘻嘻哈哈地囉嗦。

爸記錯了日子。幸虧他記錯，不然要真在考前接他這麼個電話，昏在考場的八成是我了。真想對他喊：爸你幹什麼?!嫌壓力沒壓得我自殺?!不過他電話打晚了，現在我是任剮任割死豬不怕開水燙了。

「好好考！」爸在大洋那頭看不見我發綠的臉。「再說，考得好壞有什麼關係?沒關係！放心去考！所有學校都不要你，爸爸要你啊！……」

我一時不知說什麼，一股辛酸滾熱地直衝我的兩隻眼而去。

波西米亞樓

「波西米亞」在英文中也是個形容詞。比如我的一個畫家朋友向我推薦一處住所時用種讚許的口氣說：「那幢樓你我這類人會喜歡的——特『波西米亞』！」他指的「這類人」，意思是掙扎中的藝術家。我被這位畫家帶到了這座「波西米亞」公寓裡，發現它的確和義大利歌劇「波西米亞人」的布景有一絲相仿。樓是普通的四〇年代公寓樓，但內部裝潢卻很奇特：粗礪的原木門窗，牆壁的磚石壘砌全然裸露，壁爐也是精心設計出的笨拙，兩張盪椅被粗大的鐵鏈吊在橫椽上。所有的家具都顯出質樸和灰暗的調子，樓中的氣氛因此也就是沉重而憂鬱，透著一層無可言狀的懷舊情緒。我馬上喜愛上了這座公寓樓。它似乎是逃遁現代物質文明的一個避難所，也有一層對強大無情的美國主流社會叛逆以及自我流放的意思。

房東太太接待了我。我與她達成了房租上的協議：一月六百元，包括家具、電視。六百元的房租對六年前還是窮學生的我，無疑是個沉重的數字，亦可見這裡每一點貌似的樸素與陳舊都相當昂貴。它使我明白，由無產階級到資產階級再到無產階級這樣一種非尋常的意識形態的進化；從物質貧乏到物質富有是人自身的一次解放，而從物質豐富再返回所謂的簡陋則是人的又一次解放。第二次解放大部分取決於人的自由選擇，亦在於人的人生態度、審美觀。房東太太六十歲左右，常把「庸俗」掛在口上，有次問她的「庸俗」定義何在，她說：「假花固然是一種庸俗。但對我來說，庸俗是一個人開輛豪華賓士車，但連買本書的錢也花不痛快。」

公寓樓裡果然沒有開賓士的階級代表。十二家房客有一位畫家、三個作家（包括我自己）、一個影評者、一個教授，剩下的，都是職業面貌模糊的人們。比如，珍妮在一個非盈利組織做半工，那個組織為貧困戶提供低價住房，但珍妮也同時做好幾份雜事，編寫教會印刷物之類，因此她對一生祇學一門本事，以那專一的本事謀求一生糧草的人十分不屑。

珍妮的本名當然不叫珍妮。正如樓中一位心理學教授為他所有就診者保密，我也不能透露珍妮的真實姓名。據房東太太說，珍妮是在兩年前的一個半夜投奔上門的。房東太太很樂意把自己的「波西米亞」樓當作女性心靈創傷的野戰醫院，凡有珍妮這樣的突然投奔者，她一向不打聽她的原因。在於房東太太，原因無非那幾樁：受了丈夫或男友的暴揍，或者陷入不可自拔的情感災難，甚至更有難以啟齒的精神創傷——家庭倫常所致的傷害。就像三樓的吉亞，一位絕頂美麗的黑姑娘，樓中相傳她受到公公的性騷擾而出逃的，而這位公公屬於芝加哥最富有的黑人家族之一。究竟吉亞是什麼身世，那位矮小的猶太心理學教授一定是清楚的，僅是同一幢樓的住戶，就有三個是教授的固定就診者，吉亞家就占兩名：吉亞和她十歲的兒子。我後來寫作的長篇小說《人寰》，那間心理診室，其實就是照搬了教授的：那間神秘、古怪，壁爐裡總有溫吞火苗的大房間。房客中僅有教授是不宿在此地，他另有豪宅，祇是因為喜愛這樓的「波西米亞」風味而租下最大一套房做診室。

房東太太對任何投宿者都不收押金，也不與他們簽租賃契約。她說她的直覺十分敏銳，一旦直覺認同某人，那人絕不會具有拖欠房租、吵鬧、酗酒之類的習慣。房東太太經營這座「波西米亞」樓有十餘年了，尚沒有一個房客最終成為她直覺的意外。她說兩年前珍妮在夜晚十一點半打了個電話來，說是一位朋友向她介紹了這個住所，她請求房東太太盡快接收她。珍妮是在當夜十二點半被房東太太的直覺檢驗合格當即接收的。房東太太說，珍妮當時說她祇住一到兩個月，很像是暫時避避難的樣子，可她一住就住了兩年多，而那種緊迫的避難感從未消退。房東太太長著淡藍的眼睛，險峻的鼻子，小而敏感的嘴唇，是那類十分寬容又十分嚴格的人，而從嚴從寬的準則全在她內心。比如她曾趕走一個醫學院預科生，因為他暗暗揍過她的貓並且常常將粗俗不堪的音量放得很大。但樓道中時常縹緲的一股大麻氣味，她從來不加追究。那股淡淡的毒品氣息給這波西米亞樓添了一絲消極和頹敗之感，使我一搬進來就意識到這樓中的某人正經歷某種不幸或企圖抹拭曾經的某場不幸。也像所有無聊的小說家一樣，我感到一切淺淡的不幸都是美麗的。

珍妮和我的交情是在我遷居波西米亞樓的第二個月。她不能在自己房裡抽煙，因為同租一套公寓的另一房客對香煙過敏。一天她歉意十足地說她在我窗外的晾臺上抽了一枝煙，希望我不介意。我說那晾臺本來也半屬公眾：每個從露天樓梯下樓的人都必經此地。房東太太在那裡擺了一張粗重的木長椅，也是意在給人歇息或相互交往的。珍妮臉微微一紅，說她撒了謊，其實她在我窗外吸煙已有一個禮拜了。她說：「我一直等你抗議。」我笑道：「我一點察覺都沒有！」她以她灰色的眼睛看我一會問道：「你們中國人都這樣隨和嗎？」我調侃一句，說假如我們不學得隨和些，十多億人是無法共同存活的。

第二天，珍妮手裡拿著一束花，說是野地裡採的。我奇怪地想：美國的一草一木都碰不得，碰一碰就是破壞環境保護，珍妮怎麼採來這滿滿一把野矢車菊？她笑而不答，把花插在我的一個玻璃瓶裡。從此後，珍妮和我在其他房客眼中就成了一對形影不離的朋友。她領我到各個實惠的食品店去買食物，也領我逛遍了橡樹公園城的所有二手貨商店。有次我誇讚她的一個髮夾，一週後她買了個一模一樣的給我。這時我已發現我不能隨便誇讚珍妮任何東西，她會不聲不響記在心裡，再滿世界去為我尋覓。當她把一個我早已忘卻的心願突然實現——將一種護膚或護髮或女性其他的用品突然呈到我眼前，四十歲的珍妮臉上會綻放出孩子式的爛漫笑容。她毫不掩飾自己的殷勤。房東太太有天對我說：「珍妮住在這裡兩年多了，從來沒有接近任何一個人，也從來不讓任何人進她的房間。」她老謀深算、意味深長地盯著我微笑。我不懂她是什麼意思。

一個星期六的半夜，三樓的吉亞發出的一聲呼救震撼了整個波西米亞樓。大家知道吉亞新交的牙買加男友又在揍吉亞的兒子了。牙買加人是個影評家，常組織全樓房客去看他中意的電影。誰也無法想像他在一扇門後的粗暴面目。我上到三樓就看見珍妮已站在吉亞門口，臉色由於憤怒而變得慘白。她用拳頭擂著門喊牙買加人的名字：「你給我立刻開門！」這時的珍妮身上出現一種光與力，使我對她天性中的正義感以及我們中國人欣賞的仗義油然生出一股敬畏。她越是威嚴，嗓音便越是低調，當她對牙買加人的喊話有了威逼成份時，珍妮用一種我從來沒聽過的低沉音色說：「要我破門而入嗎——你這雜種?!」

門打開了，珍妮身後已站著全樓的房客，全副睡裝。吉亞領著兒子出來，自然而然便一頭栽在珍妮肩上飲泣起來。這樣一個白種女子和黑種女子相依的造型，在美國種族對立的歷史上該有著深遠意義。我非常為有珍妮這樣的女友而自豪。珍妮對牙買加人說：「你——你是該走的那位，吉亞和兒子留下。」牙買加人拿起自己的帽子灰溜溜走了。幾天後珍妮鄙薄地對我說：「吉亞是沒救的，又讓牙買加人回來了。」

我和珍妮的友情正常、健康地發展下去。在眼見她怎樣仲裁吉亞和牙買加人的糾紛之後，我感到自己變得脆弱了，把一些陳年的心靈創傷漸漸向她揭示。她靜靜聽著，明知我在拿這些隱秘心事與她交換，她卻一字未提自己當初投奔這座波西米亞樓的緣由。她給了我一篇散文，主要是講一個女孩經歷怎樣一場艱難、痛苦的記憶過濾，把那些致病致命的記憶濾去卻又難以濾去。她說那是她二十年前寫的。她的意思是告訴我，我想交換的秘密都在其中了。

珍妮知道我每個星期必去我的中國女友家一次。在她家好好吃一頓中國餐再飽飽聊一場中國天。一回珍妮約我去參加露天畫展，我從中國女友家打電話給珍妮說我會晚兩個小時，因為我的中國女友跟我的談話尚未盡興。我回到波西米亞樓時正逢珍妮獨自向外走。我叫她，她像聽不見一樣。我追上去問她怎麼了，她眼裡似乎有淚，還有一股類似嫉妒的火焰：「你以為別人的時間都不值錢嗎？想改變時間就改變嗎?!」

我給她斥得一頭霧水。她一個人去看露天畫展回來，走到我門口，輕輕叩開我的門，低頭說她不該那樣對我，希望我原諒她。她悲哀的樣子讓我很不安，追著她來到她的居室。我馬上驚獃了：她屋內的地板被一呎深的舊物淹沒，有衣服、書本、紙張、信件、卡片……一股薰人的陳舊氣味讓我險些窒息。難怪珍妮從來不邀請任何人進她的房間。她無力地對我一笑，說：「一部分的我是癱瘓的，沒法從舊事物裡擺脫出來。」我似乎一下憶起她二十年前用老式打字機寫下的那篇散文。我近乎懂得了她所受的創傷在何處。

房東太太告訴我：「珍妮愛上了你。」我唬一大跳。她說：「你看上去像很噁心。」我想我當時的面部表情大概是噁心。房東太太又說：「這事從一開始我就看出來了。後來全樓的人都看出來了。」我說我是愛男人的女人。房東太太說：「那也不妨礙女人愛你。」我覺得這個事實令我吃不消。當晚我做了個可怕的夢：一個女性裸體壓在我身上。它淺粉的白種人肌膚的質感那樣清晰，就像珍妮和我坐在桑拿浴室裡我所觀察到的。我在夢裡拚命掙扎扭打叫喊唾罵。第二天早上，珍妮和我照面時眼皮一垂，帶些羞澀與惱怒。我心裡大驚：我的夢似乎被她知道了！從此後珍妮對我像對所有房客一樣，彬彬有禮，保持距離。

我為這事困惑得耐不住了，便去請教猶太心理教授，他詭秘地笑著，問我：「你確定那祇是一個夢嗎？」他馬上說他絕不在暗示什麼。我想我無辜地在珍妮如山的陳舊記憶中又添了一份她想濾去卻無法濾去的。愛的那個永遠得像珍妮這樣忍聲吞氣，被愛的那個永遠可以不負責任，坐享情誼。愛和被愛就這樣遙遠、沉默地存在，都很無奈。

我結束學業後搬出波西米亞樓。一個中國剛來芝加哥的醫科學生向我打聽租房行情，我馬上推薦她去找房東太太。我對醫科女學生說：「那樓特有情調、特波西米亞！」醫科女學生不以為然。我又進一步蠱惑：「橡樹公園城是有悠久藝術傳統的地方，是海明威的誕生地！」她說：「海明威？」我說：「就是寫《老人與海》的海明威呀！」她說她不認識。她看了房子後打電話給我：「那麼貴的房租，裡面牆上的磚都露在外面！」我還想就「波西米亞」再講兩句，轉念，算了。如果一個人不懂它的情趣所在，怎麼可能去經驗甚至欣賞它中間那感傷的、懷舊的、微妙之極的人情味呢？它將對那個人是個浪費。

而珍妮耗費和投入在我這裡，絕對不是浪費，我透過偏見、遺憾，甚至同情深深地記住了她。

芝加哥的警與匪

芝加哥的警察是全美有名的。再通過好萊塢電影好意與惡意地誇張，警察們就聞名了全球。他們以龐大的體積、易怒的脾性、不苟言笑（近乎兇狠）的面容、對人性惡的廣博知識而體現的冷嘲而倦怠的眼神，以等等這一切享以盛名。當然，還以他們同三〇年代兩位著名黑社會大佬奧克鵬與迪倫哲數次槍戰，以他們從這些戰役中建樹的傳統而聞名，而逐漸演化成了今天的這類近乎猙獰的警察面目。

我第一次領教芝加哥的警察是在一九九〇年秋天，我剛剛到達芝加哥的第二週。我的學校在市中心，白天東南西北都是繁華。一到夜幕垂降，便祇剩乞丐、酒鬼和警察了。偶爾見到一些行色匆匆的人，便是我們這類上晚間課的學生。這天我走出地鐵，發現白天的東南西北此刻都不算數了，我這邊突突，那邊撤撤，最後完全陷入了迷失。這時我看見馬路對面走來一位女士，下半截臉縮在豎起的大衣領子裡，步子乾脆迅捷。我馬上朝這位女士職員模樣的年輕女子迎上幾步，用我膽怯的英文說：“Excuse me!……”她倒退半步，大聲道：“Leave me alone!”（「別打擾我」或「請走開」）我看著已成為背影的她，被她無來由的發作弄得很委曲。我說：「對不起，我祇想……」她頭也不回地說：「我也需要錢！我也還沒吃晚飯呢！」原來她把我當作向她乞錢的人了。我潔白的羽絨服、淺藍牛仔褲、黑髮披肩，算不上時髦，怎麼也不該像個乞丐吧？我還想追著她為自己平反，但想到就要開始的課，就作罷了。早聽過人說芝加哥人的壞話，說他們暴躁無禮，這算有了驗證。

原路又折回地鐵，見一個晦暗的人影斜在牆角，我以更像倒楣蛋的理虧聲音把我的問題向他提出。他說：「你已經在你的學校門口了，拐過這個街角就是。」我看見他兩個銀白的眼珠在一片暗淡中忽閃，心想好心人怎麼都去做了乞丐。

我順著乞丐指的方向往前走了幾步，突然感覺有人跟上來了。回頭，正是那影子般的乞丐。他對我說：「我能給你買個漢堡包嗎？」我非常驚異，說：「什麼?!」他重複了他的話，也重複了那番快活語調。我告訴他我並不餓，謝謝他。他卻鍥而不捨了，追著我越來越快的腳步，話也越來越快。我想前面那位的不好客和這位的好客是否都正常。快到拐角處，兩個彪形警察出現了，馬上注視起我們這場荒謬的邀請和謝絕來。警察們真是高大呀，行走起來如兩座移動的炮樓。

警察甲問我：「他想幹什麼？」

我說：「（一臉要哭出來的笑）他一定要請我吃一個漢堡。」

警察們面無表情地擱下了他。我往前走了一截，聽見後面一聲金屬碰擊：「咔嗒」。回頭，那位乞丐已被銬上了。他還想解釋什麼，警察請他閉嘴。警察的聲音不大，也不兇，是種被此類人和事煩透了的懶洋洋的語調。乞丐在兩個龐然大物的執法者手裡顯得毫無重量，像一堆碎布紮的。我想這不太公道，便忙折回來為他說情。我說：「他並沒有怎樣我，祇是想給我買一個漢堡啊！」

警察乙說：「他打擾了你。」

我開始為他抱屈了，提高嗓音說：「假如我不是急著趕去上課，說不定我會吃他一個漢堡呢！」

警察甲說：「那你就趕你的課去吧。」

他們開始搜他全身，似乎並沒搜出一個漢堡的錢。現在我看清乞丐的面貌了。一個很瘦的人，眼睛大得不近情理，裡面竟有種近乎快活的目光。

我想我怎麼也不能讓他就這麼給銬走了，進一步證明他的好意。警察甲卻說：「你閉嘴。我們可以決定他是否打擾了你。」我仍想強辯，但在他們那副殺人不眨眼的氣概下立刻灰溜溜地走了。不久聽身後傳來乞丐的聲音：「芝加哥歡迎你！」……「保重啦！」……「回見！」……「噢！別弄疼我呀！」

這位乞丐居然看出我是芝加哥的客人，因此他那番未兌現的款待還是合邏輯的。比起那位叫我別打擾她的女職員，乞丐顯得動人多了。我也同時理解了女職員歇斯底里的反應，在這個時分的芝加哥，任何打擾都帶有點恐怖色彩。

一天傍晚，我結束了下午的課乘地鐵回住處。我租的公寓離地鐵站僅有十分鐘路程，並且在傍晚時分並不冷清。我走到離公寓十多米的時候，發現有人跟上了我。回頭一看，祇見一個十七八歲的男孩溫和地衝我一笑。他個子不大，偏瘦削，並在氣質中帶一股文弱。我立刻打消了戒備，拿出鎖匙打開公寓樓的大門。大門十分沉重，在我猛力拉它時，感覺自己的胳膊附戳在了一個人身上。原來那個男孩也要進這座公寓。我想我大概碰痛了他，說：「對不起。」他微笑說：「沒事。」非常禮貌的男孩。

這樣我們就一同進了公寓，並一同步上昏暗的樓梯。我剛搬進此地不滿一個月，沒有閒暇了解左鄰右舍。我在上到二樓時問他：「你也住這裡？」

他含糊地「唔」了一聲。

然而他並沒在二樓停住，一徑跟著我往三樓去。三樓的人我大致熟識，便問：「你是跟那個畫家學畫的？……」未等我得到答覆，我的脖子已被一條胳膊從側後方扼住。我這才明白自己放進來的並不是個溫雅男孩，而是個溫雅盜匪。我十分冷靜，拿出談判態度說：「你是想要錢吧？」

他說：「是。」他將一件利器頂在我腰上。大概是刀。

我從書包裡抽出一個信封，裡面有五張二十元的鈔票。我把信封遞給他，說：「全在這兒了。回頭你慢慢數。」

他接過信封，那件利器又抵得深一些，說悄悄話似的對我說：「不許嚷，等我下樓以後再嚷。」

我說：「好的。」

他輕盈敏捷，一步三格地下樓去了。我當然不會等他逃遠，馬上大喊「救命！」此樓充盈著溫暖燈光的家家戶戶全無反應。正是晚餐時分，每個家庭都圍坐在餐桌邊息聲斂氣地聽著我淒厲的呼救聲，同時用眼神相互制止援助行為。這圖景是我事後想像的，它是我對芝加哥的一系列失望中較重大的一次失望。

年輕的搶劫者完成了逃亡之後，一位鄰居帶一絲羞慚對我說：「應該報警。」警察們在五分鐘後到達，又是兩座大漢。又是那副見多識廣的慵懶模樣，他們問了三遍前因後果。一個問，一個躬身在寫字臺上做記錄。正常尺寸的寫字臺在他的身裁對比下，頓時發生了比例差錯。我一面述說經過，一面看那個伏在案上活受罪的巨人，那厚實龐大的臀部磐石一般，帶有粉碎性的摧毀力，緊緊綳住它的褲子隨時都有綻線的危機。

警察們認為錯主要出在我這裡：不該根據相貌、氣質、衣著的體面程度來判斷人的好與歹，因此他們對我缺乏同情是為我好。我想他們是有道理的，我對芝加哥的險惡遠遠沒有覺悟。

第二天我來到鄰裡的警察站，從一本相冊裡辨認那個少年搶劫者。每一頁都貼滿了人的正面、側面，密密麻麻的五官弄得我頭暈眼花。我合上相冊，對他們搖搖頭。他們又拿來另一大冊。幾冊看下來我要虛脫了。這個五官的海洋把我對那少年搶劫者最後的一點記憶淹沒了。

那以後，我時而接到警方的電話，說新近逮捕了一批少年犯，問我可否配合他們，辨認出那個獵獲過我的少年人。我正為各門功課忙得不可開交，支支吾吾地推託了。我漸漸感到那一百元給我換來的是一連串不得清靜的日子。搶劫者不知去向，警察們就祇能逮住我。我第三次來到警察站，站在一扇玻璃窗後面看審訊，據說玻璃的那一面是看不見我的。這種所謂的「配合」使我忙碌的生活又添了許多忙碌。每次「配合」結束，我盡量讓自己想開：我至少拿警察們練了英語。

學期進入了嚴冬，晚間課結束後已近深夜，腳步踩在厚雪上都有了異樣的聲響。一天夜裡，四周靜得詭異，我總覺得靜謐中似乎不止我一個人的腳步聲。我卻不敢回頭去證實是否有個心存歹意的人在和我暗中作伴。我開始奔跑，越是跑越感到另一雙腳的足音。這時一輛汽車天降一般煞在我面前。兩個巨人警察剎那間出現在我身左身右。他們中的一個問：「你跑什麼?!」

我這時發現那個跟蹤者純屬我的臆想。警察們把一個無緣無故狂奔的人看成某種嫌疑者是很自然的。我大喘著說：「沒、沒跑什麼。」

另一位說：「上車。」

我想，完了。他們冷漠地嚼著口香糖，為我拉開車門。我剛才一定跑得像個亡命徒在逃避捉拿。我知道跟警察強嘴是討苦頭吃，祇能招來更糟的待遇。我在車上坐得很乖，眼淚死噙在眼裡。眼淚在他們看來不是眼淚，是伎倆。開車的警察突然問我：「你住哪裡?」口氣很硬。

我戰戰兢兢說出地址。不一會，車停了。我一看，竟是我的公寓門前！「押」我的那個警察先下了車，替我拉著車門。他一尊金剛似的站在那裡，直到我走進公寓大門。他那不動容的面孔使我連句感激的話都難以啟口。

我離開芝加哥後，常對人講芝加哥給我的感受。我突然發現在自己描述芝加哥時含有類似懷戀的情緒。尤其當電影「絕命追殺令」在美國轟動後，我這個仇恨動作片的人也被Tommy Lee Jones扮演的警長震住了。他有著類似芝加哥警察的魅力。這魅力來自勇敢、冷酷、執法如山，還有那種為執法而殺人不眨眼的氣概。還有，就是知道自己很不討人喜歡而表現出的無奈的嘲意。

原來，我對芝加哥的感情，包括著我對於芝加哥警察的感情。

丹尼斯醫生

這位醫生的名字叫丹尼斯，是我從醫療保險公司的名冊上找到的。丹尼斯這個姓聽來有點雅，跟一個漂亮女性的名字「迪妮絲」發音接近（索爾・貝樓（注）小說中的一個漂亮精明的妻子就叫此名）。我就認定丹尼斯醫生做我的家庭醫生了。其實「常務」醫生更接近他職責的性質。就是不管大病小痛，首先要去給他診，由他診出大概之後，再把你交到各科專家手裡。專家是至「專」的，五臟六腑，從頭到腳，從骨髓到皮表，好幾十個行業的分工，名稱也各是各，醫腳氣的專家也有很長的希臘文的專門名稱。當然是不止治腳氣，踝骨以下的都歸他關照。並且美國人對腳氣的看法也較為積極、正面，叫它「運動員腳」。比如肥胖不叫肥胖，叫超重。據說商店裡的衣服尺寸也改得較為鼓舞人心；特大號「XXL」不再往前頭加「X」了，而把大得無以復加的型體尺寸叫做"Happy to Be Me"（我樂意做我自己）。在各種思潮都領先的柏克萊（美國唯一的勞工黨當政的市），對各種殘疾的稱謂更是祛除歧視意味的，比如一個駝背不可以叫他駝子，而叫他「被脊椎挑戰的人」(Spinely Challenged)，由此擴展向社會，若誰道德敗壞，他便是「被倫理道德挑戰的人」，這樣便排除了任何成見，表現柏克萊人的新概念、開明。

還來說我的醫生丹尼斯。我衹憑他姓氏給我的良好印象而選擇了他。一陣我失眠惡化，我來到他的診所。他和其他五個醫生共同租用一幢平房，棕色仿木的建築外體，看去這個醫生的小集體在時尚和審美上是十分老實的。走進去，護士請我到丹尼斯的一間檢查室裡等候。屋裡基本是禿的，沒有裝飾。看來丹尼斯醫生有個細膩名字的同時還有個求實精神。

我坐在那兒等丹尼斯醫生的出現。不覺也就順便想像他的模樣、性情，一定是位細緻而溫存的那類男性，中年，卻未超重。總之是很「常務」的醫生，有種主婦的周到入微，安詳體貼。總之是溫文爾雅，同丹尼斯這姓氏不差太遠的……正想得緊張，門「砰」地洞開，一個拄雙枴的老爺子在門口站立，一條腿裹著粗大的石膏，腳也被繃帶纏得很大一坨兒。他身上披一件不太白的白大褂。於是石膏、繃帶、兩隻加金屬的木枴，連同那灰濛濛的耷拉著的白大褂使這老爺子每一動作都拖泥帶水。我想他必是丹尼斯醫生的另一位候診者了，便立刻站起，騰椅子給他。卻聽一個大嗓門說：「我們哪裡不對勁？」這大嗓門竟屬於這老頭兒。他看看有七十好幾，聽聽卻不老不殘。我一時楞著，掛一個無利無害的傻笑。我不懂他和我怎麼就成了「我們」。

老大爺好不容易把自己的平衡調整好了，空出一隻手，伸給我：「丹尼斯。」

我這個很會見風使舵的人居然會如此失教養的木訥，令我事後很悔。我盡量以柏克萊的「無歧視」精神來自我鼓舞，全身仍是由於失望過度而沒了力氣。他像是根本沒看見我隨時有可能找藉口溜走，然後馬上打電話請保險公司把我從丹尼斯老頭的監護下挪出來。隨便誰，愛誰是誰，不姓丹尼斯就好。在如此的心理衝突和沮喪中，我回答了例行的病史病例提問。

丹尼斯十分吃力的以一種雜技平衡鶴立著，把我的回答記錄下來。在一本黃顏色帶格的信紙上畫著字，為將就他的老花眼他把字寫得大而疏鬆。很快就寫下去半個本子。其間他告訴我他如何出了車禍，手術如何完美。然後他強調的說：「你知道嗎？我是個退休軍醫。」原來他的大嗓門和大動作都是軍旅作風。

我不自覺的對老醫生感興趣起來。因為我也是個退伍上尉。也因為他怎麼看怎麼不像個醫治別人的人。不多久問到我的病症上，丹尼斯說：「睡不著覺？」我說，失眠有十來年了。他立刻問：「想過自殺嗎？」我連忙搖頭，心想，真想過也不能告訴你。

老醫生認為不想自殺就是不太要緊的失眠。他說：「我給你個處方吧——睡覺前做愛。」可以想像我當時的神色。我像看著個老年痴呆症患者。

「做愛是最好的催眠藥。」他聲音響得馬路對面也聽見了。像是給大兵訓話，要不就像議員拉選票的演說。

我壓著羞惱，保持臉部平靜，別讓人覺著我見識太短，連「做愛」做為偏方都接受不了。我在美國的頭幾年主要練一個本事：對任何詞彙、行為、概念都藏起大驚小怪的樣子。我認為對無論怎樣怪誕奇異的事物面不改色是美國式的「好樣兒的」，反之，就是土，古板，不夠當代，不夠世界化。也就是不“Cool”。

當我從「自殺」和「做愛」二詞的精神餘震復元時，見老軍醫已經在做結束就診的打點了。他合上筆記，把兩根枴杖在胳肢窩下擺舒服，大聲叫我到前臺去結賬和約定下次就診時間，他還挺自信；他這麼處理我，還坦坦的等著「下回」。

我忙追問：「你給我開的藥呢？」

他說：「我不是給你開了『做愛』嗎？」

我的好脾氣撐不下去了，險些對他說：你還該回大兵營去，假如他們還收留你的話。我簡潔有力的說：「我來看你，是為了得到醫治，最起碼是得到好點的安眠藥。」

「沒門兒，」他說。「我不會給你開安眠藥。越好的安眠藥越壞。」

我說沒有藥，我今天是不會走的。既然我們都在軍營裡混過，我也就不考究語氣了。美國俗話：做任何事都有一個正確方法和一個錯誤方法，還有間於對和錯的「軍隊方法」。我就用這軍隊方法從丹尼斯那裡逼來了十顆藥片。他命令我只吃半片，實在熬不住，再吃那半片。他聲音雖依舊粗重，眼睛卻是自家姥爺式的，擔憂而心疼的瞅著我。他其實在說這樣的潛語：「你要乖點，曉得好歹，孩子。」

後來我先生去他那裡做例行體檢,回來就說丹尼斯是老怪物。在肛查時他自言自語的說：「你該為你的運氣而高興。我手指頭特細，遠近聞名的細——好多人慕名而來請我做肛查呢！」

在一次朋友聚會時，碰巧有個醫生，他聽說丹尼斯任我們的家庭醫生時，說：「啊，他還活著！」

但我覺得他除了老，以及倚老賣老的出口粗魯，還是在治病上無可挑剔的。衹是他對安眠藥的軍閥式控制，很令我吃不消。我每次要逗著他說半天有關他孫子孫女的趣聞，才討得幾顆藥片。他總說：「安眠藥不是糖豆兒，你給我記清了。」

我還是決定辭掉丹尼斯。之後我投奔過兩三個家庭醫生。到一九九六年十一月，我才正式進入舊金山的「失眠中心」。給我診斷的失眠專家（他首先是一位精神病理學家）對我一面搖頭一面說：「假如你那些家庭醫生在給你開安眠藥時不那麼慷慨，你的失眠不會惡化到今天這步田地。」

意思就是，在安眠藥上對我的嬌縱，是這病的真正誘因之一，是醫生們圖在我這找點清靜，圖省事，也就是不夠負責使然。

我這才頓然想到了丹尼斯，五年前每給我一張安眠藥處方，他那不安抑或痛心的目光。我再次打開醫生名冊，卻不見他的名字了。我不知這回他從哪個意義上退伍了。

注：Saul Bello，猶太作家，諾貝爾文學獎得主。

蛋鋪裡的安娜

一九九三年初，我回到芝加哥，打算把修了一半的藝術碩士修完。九二年秋天在舊金山完了婚，也算個「有家室之人」，該盡本份做妻子，至於回校讀書，心裡自然不很坦然。因此把自己讀書期間的財經預算主動壓得很低。朋友託朋友，找到一處房租低廉的居室。據說它最令人羨慕的長處是，方圓一哩之內，有地鐵、有家「九毛九」百貨店和一個"Egg Store"——芝加哥的中國留學生沒有不知道這個著名的食品減價商場的。它分佈在城市各個貧民住宅區，如同一個個食物急救站，能及時撲滅周圍的飢餓。為什麼給它取名叫"Egg Store"（蛋鋪），我一直沒考證出來。有人說它的源起是專賣雞蛋的小鋪。因為雞蛋是美國最便宜的食品之一，所以在它拓展成今天這樣龐大的連鎖二手貨食品店時，仍沿用雞蛋做為它物美價廉的象徵。還有就是從復活節來的那層寓意：雞蛋是復活節的主食；祇要有雞蛋的地方就有生命之孵化，生命之起死回生。因此，雞蛋象徵的是生命之早春。我比較贊同對"Egg Store"的後一種注解。應把這個「蛋鋪」改成「生命之春」食品商場——Spring of Life：有生命彈躍而起之意，也有生命如泉噴湧之意。

我很快便擠身到採購的人群中去了。很快就碰到一個熟面孔。她先叫出我的名字，我才想起她是我餐館打工時的工友。她是陪讀刑法博士的丈夫來美國的。聽說她家早已搬到以白領階級為主的近郊去了，不過她每個週末仍要走出自己的階級，到蛋鋪來採買一週的食物。我認識的許多留學生都是這樣，畢了業就了職，房產汽車都齊了卻仍折回「蛋鋪」來買這些有殘疾或欠標致的瓜果。或許這寬大簡樸的店堂曾以它的豐盈消除過他們最基本的生存恐慌，他們對它的持續惠顧出於一種感恩心理；或許是在這裡採買，好比在一座食物礦場裡開掘，掘出什麼都給人近似挖寶或歷險的心理滿足。或許僅僅因為留學生的本性——留學生是世界上最懂節儉的一種人，他們總是遠遠的回來。

走到奶製品一廊時，發現一個很瘦小的老太太坐在兩大桶牛奶邊上。「蛋鋪」充滿喜洋洋的各國語言，若不留心，絕不會聽見這老人細弱的呻吟。她幾乎是整個店鋪中唯一的一個白面孔。美國人但凡有個體面收入，是捺不住性子來這裡和各種膚色的移民打撈食物渣滓的，我還沒走上前，就聞到一股奇特的氣味從老嫗身上泛起。

我問老太太哪裡不妥，她哼哼著說：「我的脊梁要殺死我了！」我必須完全蹲得與她一樣矮小才聽得見她的話。我試著去拉她的手，她把那隻手從我手裡縮回，給了我另一隻手。因為頭一隻手的手心裡有幾枚硬幣。她像一截定了形的老籐一樣，讓我一點點伸直，眼看要直了，她尖利的慘叫一聲，又縮回原來形狀。她身邊擱著一個手推車，是專為老年人購物所設計的那種，祇是它也老得如她一樣變了形。

我把兩大桶牛奶放到手推車上，從她嬰兒一樣尖細的期期艾艾中，我弄明白了，她在這兒佝縮了一個來小時了，就是想把脊背的疼痛捱過去，再把兩桶牛奶搬上車。我左手推著她的車，右手環過她的背，插在她的右腋下，等於將她的體重全掛在我的右臂上。我感到她整個人不比兩桶牛奶重多少。我問她還需要買別的什麼？她說不需要了，兩桶牛奶足夠她和她的家庭一週的過活了。我差點問：一週七天光靠牛奶？但我及時閉了嘴。在美國，是可以把悲慘當某種怪癖來理解。而把悲慘當作怪癖來尊重，也就等於尊重個性，尊重個人對生活方式及自我信仰的自主權。

我問老太太家住哪裡，她說祇有三個街口之遙。我決定把她面交給她的家人。根據我對醫學廣博的無知，我斷定老太太一定有脊椎錯位之類的病症。她根本已癱瘓在我的右臂上。經過付款過道時，她將手裡的硬幣給收銀員。款數剛好，顯然她預先做了計算，也預先打算好除這兩桶牛奶絕對不買任何其他食物。「蛋鋪」的牛奶便宜得近乎自來水。

我一身擔著老太太和牛奶，走到馬路上。那股奇特的氣味我現在已判斷出來了——是股類似動物園的氣味。老太太告訴我她叫Anna。我發現安娜的衣著是六〇年代的，是件大致是黃色的灰外套，或說是大致成了灰色的黃外套。安娜極清瘦，衣服也過於單薄，因而她那幾乎彎成「S」形的一根脊柱，清晰的顯現在她背上。假如把她整個人抹平整，她不見得比我矮多少。我問起她的家庭。她說：「是啊，我有個大家庭等著我去餵呢。」我納悶竟沒有一個比她身健點的晚輩來承擔這採購。她像讀懂我心思似的，解釋說：「我有兩個兒子，在韓戰時上前線了，都沒回來。至少我不知道他們有沒有回來。」

我說：「您一定弄錯了，不是韓戰，一定是越戰吧？」

她說：「我沒弄錯，是韓戰。越戰的時候我一個兒子也沒有了。」

我心裡暗暗吃一大驚：安娜至少有八十五、六歲了。雖然她勉勉強強算是活著，但畢竟有這把孱弱的陽壽。再瞅她的臉容，不知何處使她看去像個嬰孩。殘缺不全卻幼稚無邪的那一種面容，頭上稀疏柔軟的黃白絨毛在無風的太陽裡浮動。我很難啟齒的又問：「那您丈夫呢？」安娜說：「他去世已經二十年了。」

這時我們已走過第二個街口。我由於不小的勞力支出而渾身有了汗。安娜指指前面說：「看，那就是我們的家。」

她手指的地方，一大片灰濛濛的鴿子，你擠我我擠你的發出打嗝似的低音。我留意她說「我們的家」，心裡覺得有些寬慰。

三個街口我和安娜竟走了四十多分鐘。其中安娜不斷請求我停一停，因為一陣劇痛又朝她脊梁襲來。疼痛使她蜷曲、扭歪，原已變形的身軀更加走樣。我也已筋疲力盡了。總算聽她說：「就這裡。」

是一排店鋪式房子，大部分倒閉了，關著門，陳列櫥窗玻璃上被塗鴉，被貼著招租廣告和卜卦、紋身、逃犯通緝告示。那一大群鴿子見了安娜，一齊「呼啦啦」振翅起飛，轟炸機似的朝我們衝過來。我感到撲面的是帶著腥膻體溫的一片固體骯髒。我閉眼屏氣，躲著那羽毛間夾塵土的風。安娜的嗓音更細弱溫存：「我的天使們！」

她請我把牛奶倒在路邊一個殘破玻璃盆裡。她說：「抱歉了，就衹有牛奶了。」等我照她吩咐完成了對於鴿子的服務，抬起頭立刻怔了——她那間店鋪房的陳列窗裡一下子擠滿了大大小小的貓，大概有二十多隻，全都像安娜一樣細瘦，衹是眼睛都直逼逼的，晶亮，被飢餓點燃著。我這才明白安娜所說的「家庭」，我不敢走進安娜這個家庭。從敞開的門窺入，裡面是一目了然的赤貧。有張床墊，有個冰箱，沒有浴室和廁所，也沒有炊事可為。我衹把兩大桶牛奶給她提到門內，大半個身體堅定的留在門外。但我還想為這個已進入末日的孤獨老人做點什麼。她蹲著身捱進門，她身上的氣味馬上溶入屋裡暖暖的生物氣息。貓們竟比安娜要乾淨些，也多些優越感。我迅速撕下一頁紙片，寫了我的電話號碼，遞給安娜：「如果有什麼事——比如你的背痛要殺死你，你起不來去買牛奶，就給我打個電話。我住得很近。」

安娜卻沒接那號碼。她說：「謝謝你。我沒有電話。」

「你從來不給任何人打電話？」

「不打。我沒電話，也沒人可打。」她刻意躲著我鋒利的逼問。大概也為省一筆電話錢。我木木的看她掩上門。貓剎那間全從陳列櫥窗裡消失了。然後就聽見屋內響起貓們你死我活的歡宴聲，以及安娜嬰兒啼哭般的笑。

我站在鴿子糞便鋪成的臺階上，半天挪不動腳步。從未見過如此的貧窮和孤獨以及衰老以及……其他。此刻我比安娜更需要安慰和止痛。不知怎樣兩眼茫然的走回了我那月租一百八十的寓所，它陡然變成了天堂。幾天中我心裡都難過，卻又無所歸咎。

一個月之後我決定搬離那個貧民區。在海明威誕生的橡樹公園城找到了六百美元月租的公寓。我才明白自己沒有那樣一顆堅強的心，來旁觀安娜這樣的悲慘人生。我無法將悲慘當作怪癖來理解，從而尊重這怪癖，以至達到對於個人生存方式的尊重。

四個月後，學期結束了。我乘了火車回到那個有“Egg Store”的地方。那時已是五月底，

「吹面不寒楊柳風」的芝加哥使貧窮得到大大緩解，或說使貧窮也得以妝扮。我來到安娜的門前，從門的縫隙看進去，沒有安娜了，卻仍是一地的貓。牠們更瘦了，薄薄的一片。如同影子。我想安娜一定還在世，貓在等她。鄰近「蛋鋪」，如安娜這樣的生命總可以維持一個大致活著的狀態。這樣想，蛋鋪是功德無量的，它翼下孵著多少大致存活著的生命。

書禍

我在乘車時讀的書是專門挑選出來的。如*Reader's Digest*、*New Yorker*、*Time*都是我乘車的最佳讀物。它們便於攜帶，內容又多是美國社會的熱門話題，讀起來立刻使人很投入。還有一點，這些雜誌的重點文章的長度一般與我的旅途相仿，這樣我可以在下車後將它「遺忘」在座椅上，它或許可以使另一位乘客的旅途沉悶得以減緩。從閱讀中所獲得的充實感使旅途無形中縮短了，主觀感覺上一定會比自己駕車短許多。尤其是交通不順暢情形下的駕駛，滿腹怒氣又無處發洩，那樣的一分鐘可以長得像半輩子。

不過我也因為乘車讀書闖過禍的。十多年前的一個禮拜日，我爸爸約了幾位客人一同晚餐，家裡人手不夠，便打發我去北京的西單菜市場買兩條魚和半隻火腿。我當時正在讀卡夫卡的《城堡》。那是一本須把自己囚於其中才能讀出所以然的書。從西單菜場回家的電車上，我已在《城堡》深處。祇聽售票員吆喝：「北太平莊啦！……」腳先於我的意識，我已竄出車門。而腦子裡仍是《城堡》的種種迷津。木木獃獃走到家，爸爸開門便問：「東西呢？」我反問：「什麼東西？」爸爸眼睛鼓了起來：「咦，等你買的魚和火腿呀！」我嘴一下子張開──東西全忘在車上了。我爸爸一副揍也揍不得、罵也罵不出的樣子：女兒畢竟成人了，如今回家也算半個客。他幾乎捶胸頓足：「你讓客人吃什麼?!」他頂好客又頂怕虧待客人。我趕忙認錯：「我讀書讀糊塗了。要不，我再跑一趟？」當然是來不及再跑一趟的。那時菜場來了鮮魚，排隊至少也要個把鐘頭。

到了美國，正和我先生在戀愛階段，一天一個女友得了感冒，臨時請我代她打一天工。所謂的「工」是照料一個兩歲的小女孩，每小時有五塊現款的工錢。小女孩的母親是一位藝術評論家，當時正在趕寫一篇舞蹈評論文章。她匆匆教給我換尿布、餵飯、放卡通片等等技術要領，就潛入地下室寫作去了。我先生（那時還是交往不久的男朋友）打電話來，說他下班會很晚，可能酒店已關門了。我自告奮勇，說打完工我立刻就去買酒，我知道這瓶酒對他的重要性。他父母一年衹在耶誕前夜喝一瓶Hennesy。而他們住在以摩門教為主要宗教的鹽湖城，那裡的酒比別處貴很多，因此這瓶Hennesy總是由他們的兒子做禮物送給他們。這已經成了他們的家庭傳統。我結束了八小時對換尿布和卡通片的經營，拿到四十塊錢現款，買了酒並請店員給了它最豪華的節日包裝。天擦黑時我已擠在下班人群裡走進了地鐵。一找到個光線較好的位置，我馬上打開隨身帶的一本英漢字典。那時我在準備考GRE，想出個背字典的愚蠢辦法來提高單詞量。於是就背得十分忘情，直到發現自己已坐過了兩站。下了車總覺得步伐飄然得有點可疑。直走到家門口，才發現兩手是空的，才猛省悟到換了八小時尿布掙來的錢，已去了一半。祇好趕去一家超市，把剩的一半工錢拿出來，再買一瓶Hennesy。從那以後，我每次因乘車讀書而誤事時，我先生總要提起那兩瓶Hennesy。他為我感到悲痛；換一天的尿布，幾乎一文錢也沒落下。他不可理喻的對我苦笑：「唉，你丟這丟那，不是乘錯車，就是下錯站，怎麼就從來沒丟過書呢？」倒真是的，我這人吝惜兩樣東西，一是書，二是稿紙。似乎是個腦筋很老，生活方式也古舊的窮酸書生。

一次在華盛頓開往紐約的火車上，我讀完了*Lolita*，一時間淚流滿面，哽咽不止。一車廂的人都旁觀我的搐動，不知如何是好。一位年輕女士戳戳她的男友，問他可知緣由，那男友聳聳肩，眼珠翻上去望望上蒼，表示祇有天曉得。那次損失最小，祇把一片從加拿大買的牛皮書籤丟了。

且將新火試新茶

到了美國的第五年，才認真想到要過一回春節。那四年的春節總被忙碌或無心境省略了。祇知道唐人街菜蔬店早早關門的這天是除夕，整天的打烊，當然就是年初一了。沒有穿新衣、新鞋的大群孩子把炒花生和炒米糖之類拿到街上來吃；沒有頭插紅絨花的少女，沒有絹綢或紙紮的燈籠。也沒有往女孩子身上扔炮仗的男孩子。節日就是某些中國人開的銀行贈送的日曆上的紅字碼，提醒你這個漂洋過海帶到這裡的古老新歲。你得特別留心，不然很輕易就錯過了它。

我從來沒了解過那些關著門的菜蔬店裡面是怎樣過年的。錯過了四個春節，似乎情感與思念漸變得強壯亦或麻木了。有時會打個電話向父母拜年，卻意識到一洋之隔錯過的更多——那邊已是年初二，或初三了。我也對感恩節、聖誕節、新年熱情不高，但那些節日似乎太主流，因此太有淹沒性，不容分說就把我納入其中了。

這裡大部分中國孩子對聖誕節的期盼遠遠勝過春節。那樣的熱切期盼使他們在感恩節之後立刻就進入了聖誕，而春節就成了他們節日情緒的收尾。有一點煙消雲散的惆悵。他們意識到長輩們那與生俱來的勤勞在這個節日中甦醒，它啟開的是望而生畏的三百六十個艱辛日子。偶爾也有孩子們披掛起來耍龍舞獅，鑼鼓七七八八，龍和獅都顯得幾分羞怯和扭呢。

我的朋友們問我：「春節你打算怎樣過？」我回答：「沒有打算。」我倒沒有多去想：節日還需要個「打算」才能過？他們都打算去中國駐芝加哥的領事館舉辦的除夕聯歡晚會，有晚宴和歌舞表演，還有畫展和抽獎。十五塊一張門票能幫你打算出這麼多節目，我可不能再錯過它。

十多天前，我買了兩張票，邀請我的房東太太依琳一同去參加這個聯歡會。依琳六十多歲，是個不斷在中國人身上看到美德和優點的美國人。她常叫我替她多找些中國房客來，她說：「你們從來不拖欠房租，也不會把Party開到早上三點。」依琳遠比我興奮，這是她第一次過中國人的節日。她洗了頭髮，盤個溜圓的髻在頭頂，這髮式讓左鄰右舍的孩子們叫她「甜圈餅奶奶」。

雪片不大，並帶著喜意，落在高速公路成千上萬疾馳的車上。我忽然感到了一點童年過年時的感覺，那種盼望年夜飯的感覺，那種手掌摸在嶄新的衣服上涼絲絲的感覺。依琳倒是穿了新衣，一條暗紅印花長裙，她告訴我那是聖誕節從女兒那裡得到的禮物。我的情緒漸漸趕上了她的，一遇堵車我就問她：「我們不會遲到吧？」

到了門口依琳拽住我，說：「怎麼沒有對聯？」我說大概要到新年的早上才會有對聯出來。其實春聯在這裡也是被省略的東西之一。這兒的中國人家門戶上極少有貼對聯的。唐人街的後代們對中國文字和語言也都缺乏熱切感，往往會說幾句而不會讀寫。春節在這裡，成了個沒有語言的節日；再沒有那種圖景：某人停在某個門前，為一幅春聯的新穎別致搖頭晃腦地感動一番。不時在門上看見的，還是聖誕節剩下的松枝飾環，都枯了，卻還占據著春聯的地盤。讓我想到一些流失了文字的古老游牧民族，他們靠一系列節日中圍篝火而坐的老人們把自己民族上千年的文化和歷史吟唱給下一代。那些沒了牙的嘴咬著快要磨損的歌詞，把他們曾有的疆土、河流交待給後生們。後生們不明不白地承接過來，傳送下去，不是通過越來越渾沌不清的歌詞，而是通過那節日氣氛的濡染。把自己想成一個漂流而來的古老游牧民族，倒挺浪漫。這古老民族是靠氣味、飯食，一切直觀感覺而單單不靠文字使自己的文化傳宗接代。

熱哄哄的人語在樓梯上，孩子們尖聲喊著英語在人們腿縫裡亂竄，像深水層的魚。不少女仕穿著貂皮大衣，使她們需要大些活動半徑。廳卻很小，人們祇能毛貼毛地站著寒暄，可惜了那些個款式和成色。依琳對那麼多貂皮大衣驚訝不已，問我是不是中國人過春節規定要穿貂皮大衣?我說不是。她仍是不解，說：「我從來沒見中國人在大街上穿貂皮大衣！」我說那是因為在街上沒有人和她們結伴穿，穿會孤立；而在這兒，不穿大概會感到孤立。她說：「可我印象裡，中國人總是喜歡最便宜的東西，比如『九角九』商店，我看到最多的就是中國人。」我說我們中國人買九角九半打的襪子與買九千九的貂皮大衣是毫不矛盾的呀，我們的節儉是為了豪華。

我們打聽著畫展的方位，都說不清楚。最終看見角落裡支起一塊大案板，上面鋪著一些未裝裱的中國畫。那些裱了的，有的掛在牆上，有的掛在直立的衣帽架上。畫面因深刻的折皺而顯得古舊並來歷曲折，似乎五分鐘之前還緊緊擠壓在行李捲中。賣畫的是個滿口山東腔的漢子，紅紫臉膛，眼睛楞中帶羞。他在人群中顯然看不見一張熟面孔，他索性把目光和每個人都錯過去，使焦距渙散一些，人們對他的疏忽也成了他對人們的不理會。上前一問，他憨厚地笑著說自己剛從國內來，幾百張字畫果真被他捲裹成行李，隨身扛來的。他解釋說因為地盤小，也沒有足夠的時間裝配畫框，祇能湊合了。依琳當下買了兩幅扇面，他高興起來，不顧禁止吸煙的警示和那麼多貂皮大衣，一支接一支抽起煙來。他叼著煙頭，給煙薰得一隻眼睜一隻眼閉，把案上疊摞起的畫一張張掀起，請依琳看。依琳少見多怪的「噢噢」聲引了三、四個人圍過來，一個穿貂皮大衣的二十來歲的女孩，非常淡遠地看著一張張畫，看到一個上千元的價籤，她就圓起眼睛向她男朋友（或丈夫）使個眼色。賣畫的漢子漸漸折騰出一頭汗來，他將嫌緊的黑色毛衣順肚子捲上去，捲在胸脯上，裡面是件米黃高領衫，乍看像裸出的肌膚。他不那麼羞了，大口抽煙，大口講著黃永玉的運墨特點。人們聽著他，看著他，像看著碼頭上一個耍大刀的，看看就離去了。

這時大家急著要進入內廳去吃晚飯和看歌舞，忽然發生一陣恐慌：賣出去的餐票比餐位要多很多，很多人有票卻不一定有飯吃。把門的人直是抱歉，說餐桌已坐滿，請暫時沒位置的人先忍一忍，等第一批人吃完。不少父母和孩子被拆開了，裡面外面地呼叫。我和依琳推讓一會，我堅持她先進去吃，因為她十天前就攢出個好胃口，當天省去了午飯，就為了要好好吃一頓中國年夜飯。

二十分鐘後我也被放進去，被安置在離依琳三張桌的位置上。她回頭對我做了個鬼臉。我發現桌上有一盤麵包，一碟黃油，每人面前擺著三道菜的刀叉和一碗生菜沙拉。舞臺上一條紅布條幅，上面一行漢字一行英文，大意是慶祝春節之類。除此之外，就是一個個中國宮燈，再沒其他字了。吃熱菜時歌舞開始了。舞臺上出現十多個穿旗袍的美國姑娘，金髮紅髮盤成中國式髮髻，每人執一把中國折扇，跳起中國秧歌來。她們個子都很高大豐滿，做某些靈敏詼諧的小動作時，顯得吃力無比卻十分別致。緞面旗袍開叉很高，圓滾滾的長腿一直露到根梢。她們一招一式都顯出對自己肉體的坦然和磊落，那種中國女性的閃爍、曖昧或含蓄在她們身上蕩然無存。盡管她們的步法、招式都對，但你越看越糊塗，不知她們在跳什麼，不倫不類，倒頗有看頭。原來一族的舞蹈並不祇是一些動作，而是那民族心理特徵的外化。那些招式和扭動應該同廳外畫攤上的畫相和諧，岩石或樹枝桿從來不像這些洋姑娘的肢體和軀幹，毫無阻力地伸展，毫無限制的自由。該是帶些掙扎的，曲扭而充滿疙疙瘩瘩的力量。

這個長達十多分鐘的開場舞蹈使我意識到這個大年夜和我曾經在國內度過的大不相同了。年夜飯也不是曾經的年夜飯，依琳的好奇心受到了一定挫折。甜食是檸檬派，所有人都心滿意足地吃著，毫沒感到缺了什麼。沒人感到什麼挺重要的東西被取代了。我們對中國傳統的捍衛早已不那麼認真了。

一位據說是十分著名的中國歌星上了臺，穿著粉紅曳地的紗裙，一層一層又一層，嬌小個人兒，似乎被一堆輕柔飄渺的粉紅肥皂泡浮載著。她穿著十八世紀的西方盛裝，唱的是二十世紀的流行歌曲。因為掌聲不讓她謝幕，她唱第八支歌時便成了黃梅戲。依琳不求甚解地跟著喝采，不斷用餐紙拭著額上的汗。這時我已步到廳外，實在招架不住廳內的溫度。不知那些貂皮大衣什麼感受。

廳外祇剩了那個賣畫的山東漢子，毛衣還是被捲在胸口，露著乍看酷似肚皮的黃衫子。

手裡若有把芭蕉扇招呼著，他就會很像個賣西瓜的了。他沒有吃飯，說他吃不慣這樣的年飯。他告訴我他是山東維坊人，從小學畫。他說：「維坊那地方靠畫畫咋掙錢？」他十年前和一些鄉往現代化的人們投奔了當時最現代化的城市深圳。他十分自豪地講到中國賣畫的行情，不像這裡，沒幾個人真識貨，磨一晚上嘴皮子，才賣了兩幅扇面。我問他想不想家——大年三十的，他不置可否地嘿嘿笑笑。他說：「國內也就是這些，（他指廳內）吃著喝著，看看電視，電視上也就是跳跳舞，唱唱流行歌兒。」過一會他想什麼，說：「也不是想家，就是想咱山東的餃子！」

依琳這時也出來了。表情很快樂卻有點丈二和尚摸不著頭腦的樣子，顯然對大歌星或整個節目的內容都不太懂得。我們就同孤零零的賣畫漢子告辭了，來到非常冷清的大街上。依琳把我拽進一家爵士吧，說怎麼也要把這個中國人的重大夜晚替我好好過完。她替我和她自己都要了"Bloody Mary"，跟我碰杯說："Happy New Year!"吧臺上的人扭頭來看我們，心想這兩人準是醉了，跑這來過哪國的"New Year"？

我們喝酒，聽爵士，守歲。挺逗的，這樣一個大年三十。什麼都不對，但一切都地道。我想起賣畫人講「咱山東的餃子」，可以想像，那餃子的地道。那地道原可以使我有一個機會去懷舊和自新，去沉沉醉一回。

母親與小魚

那還是這個世界上沒有我的時候。大概已有些哥哥的影子了。那些修長的手指，那個略駝的背，還有目空一切的默想的一雙眼，後來都是哥哥的了。哥哥的一切都來自這個人。那時祇有十八歲的我的母親總是悄悄注視這個人。據說這個人的生活中一向有許許多多的忽略，連母親的歌喉、美貌，都險些兒被他忽略掉。母親那時包圓了歌劇團中所有的主角兒。說是她風頭足極了，一匹黑緞子樣的長髮，被她編成這樣的、那樣的，什麼佩飾都不用，卻冠冕似的華麗。有一些黃舊的相片，上面十八歲的母親，一襲背帶工裝褲，一件白麻衫，眼睛驕傲天真，卻是有了一個人。

後來這個人是我的父親。聽來是這樣：一天她忽然對他說：「你有許多抄不完的稿子？」

他那時是歌劇團的副團長，也在樂隊拉幾弓小提琴，或者去畫兩筆舞臺布景。有時來了外國人，他還湊和做做翻譯。但人都知道他是個寫書的小說家。他看著這個挺唐突的女子，臉紅了。才想起這個女子是劇團的名角兒。

在抄的工整的書稿中，夾了一張小紙籤：「我要嫁給你！」她就真嫁給了他。我還是個小、小姑娘時，發現媽媽愛父親愛得像個小姑娘，膽怯，又有點拙劣。她把兩歲的我抱著，用一個舞臺化的姿勢，在房裡踱步。手勢完全是戲劇中的，拍著我，迴腸盪氣地唱著舒伯特的「搖籃曲」，唱得我睡意頓時雲消霧散。我偷覷她已進入情緒的臉，眼神不在我身上。那時我還不明白她實際上是在唱給父親聽。她無時不刻地從父親那裡邀來注重、認同。

她拿起小提琴弓開始拉「哆、唻、咪」。還將左手拇指扣進調色板，右手拈一枝筆，穿一件斑點了色彩的大褂，在一張空白帆布前走近走遠。要麼，她大聲朗讀普希金，把泡在閱讀中的父親驚得全身一緊，抬頭去找這個聲音，然後在厭煩和壓制厭煩的矛盾中，對她一笑。

她拿這一笑去維持下面的幾天，幾年，亦或半輩子的生活。維持那些沒有錢，也沒有尊嚴的日子——都知道那段日子叫「文革」。父親的薪水沒了，叫「凍結」。我們常吃一種黑黑的菜，祇因為多放些豬油和糖，便叫它「梅菜燒肉」。媽媽早已不上舞臺，身段粗壯得飛快，坐在一張小竹凳上，「吱呀」著它，一晚上在桌子上剖小魚。小魚在父親有薪水的時候是我家貓吃的。她警告我們：所有的魚都沒有我和哥哥的份，都要託人送給在鄉下「勞動改造」、一年沒音訊的父親。

幾百條小魚被串起來，被鹽輕醃過，吊在屋簷下晾。最終小魚乾縮得成一片枯柳葉，媽媽在鍋裡放一點兒油，倒油之後，她舌頭飛快在瓶口繞一圈，抹布一樣。不知她這種寒傖動作什麼時候已做得如此自如。總是我和哥哥被哄得早早上床，她來煎這些小魚。煎魚的腥氣脹在房子裡，我和哥哥被折磨得沒覺了，起身站在廚房門口。

「小孩子大起來有的吃呢！」她發現我們，難為情地紅了臉。還像個小姑娘，偷遞信物時被人捉了個準。「爸爸現在好瘦，好瘦。」她像在徵得我們原諒一樣，喃喃地說，帶信回來的人祇說父親黑瘦了一些，她心裡的父親便形同枯骨了。

她一條小魚也沒請哥哥和我吃。我們明白那種酥、脆，連骨頭都可口。然而我們祇有嗅嗅、看看，嚥回一泡又一泡的口水。

父親回來後，祇提過一回那些小魚。說，真想不到這種東西會好吃。後來他沒再提過小魚的事。看得出，媽媽很想再聽他講起它們。她誘導他講種種事，誘他講到吃，父親卻沒再講出一個字是關於小魚。幾年中，成百上千條小魚使他存活下來，使他仍然倘儻地存活下來，媽媽圍繞著父親，以她略帶老態的粗壯身段在父親面前竭盡活潑。這時，已長大的哥哥和我有些為這個還是小姑娘的母親發窘。她似乎沒有注意到自己的變化，也沒意識到父親的變化。

又有這個那個出版社邀他寫作了。他又開始穿他的風衣、獵裝、皮夾克，在某個大飯店占據一個房間。他也有了個像媽媽一樣愛他的女人，祇是比媽媽當年還美麗。

一天，哥哥收到爸爸一封信，從北京寄來的。他對我說，「是寫給我們倆的。完了，他要和媽媽離婚了。」

信便是這個目的。讓我和哥哥說服媽媽，放棄他，成全他「真正的愛情」。他說，他一天也沒有真正愛過媽媽。這點我們早看出來了。他祇是在熬，熬到我們大起來，他好有寫這封信的這天。我們也看得出他在我們身上的犧牲，知道再無權請求他熬下去。而這個嘔心瀝血愛了大半輩子的媽媽呢？

許多天才商量好，由我向媽媽出示父親的信。她讀完它，一點聲音也沒有地靠在沙發上。好像她辛辛苦苦愛他這麼久，終於能歇口氣了。

哥哥這時走了進來，這屋的沉默讓他害怕。

她看看我們兄妹，畏懼地縮一下身子，她看出我們這些天的蓄謀；我們決不會幫著她死氣白賴地將父親拖回來，並決定以犧牲她來把父親留給他愛的女人，她知道她是徹底孤立了。

「他怎麼會吃好飯——住在那種大飯店裡？」她說。在幾小時內，這是她唯一的話。

這一夜，我們又聽了那隻竹凳的「吱呀」，聽上去它要散架了。第二天一早，幾串被剖淨的小魚墜在了屋檐下，初陽中，牠們是純銀色。

父親從此沒回家。一天媽媽對我說：「我的探親假到了。」

我問她去探誰。我知道父親盡一切努力在躲她，不可能讓她一年僅有的七天探親假花在他身上。

「去探你爸爸呀。」她瞪我一眼，像說：這還用問?!「我知道他不會好好吃飯！」

又是一屋子煎小魚的氣味。我們都成年了，也都不再缺吃的，這氣味一下子變得不那麼好聞。哥哥半夜跑到我房間：「叫她別弄了！」他說：「現在誰還吃那玩藝兒？」

我們卻都忍不下心對她這麼說。我並且陪她上了「探親」的路，提著那足有二十斤的烘小魚。祇是朦朧聽說父親在杭州一個飯店寫作。我們在一家廉價旅館下榻，媽媽說就暫時湊和，等找到父親……我心裡作痛：難道父親會請你去住他那個大飯店嗎？

是四月，杭州雨特稠。頭兩天我們給慭在小旅館裡。等到通過各種狠聲惡氣的接線生，找到父親的那個飯店，他已離開了杭州，相信他不是存心的。誰也不知他的下一站，絕對無法追蹤下去。我對媽說：冒雨遊一遍西湖，就乘火車回家。

媽媽卻說她一定要住滿七天。看著我困惑並有些惱的臉，媽懼怕似的閃開眼睛，小姑娘認錯般地嘟噥：「鄰居、朋友都以為我見到你爸了，和他在一起耽了七天……。」她想造一個幻象，首先是讓自己，其次讓所有鄰居、朋友相信：丈夫還是她的，起碼目下是的；她和他度了這個一年一度僅有的七天探親假，像所有分居兩地的正常夫妻一樣。她不願讓自己和別人認識到：她半途折回，或者，是被冷遇逐回的。

她如願地在雨中的小旅館住滿了七天。除了到隔壁一家電影院一遍又一遍去看同一個電影，就是在對門的小館吃一碗又一碗同樣的餛飩，然後堅持過完了她臆想中的與父親相聚的七天。

等上了火車，我發現行李中少了那個裝小魚的竹簍。我沒有提醒媽媽。它該是個最痛的提醒。亦或許，她有意將它遺失在哪個角落。

父親再婚後很幸福。媽媽見到我就問：「會做菜吧？」我當然明白她指誰，我說：「做得很好。爸爸也戒煙了……。」她趕緊垂下頭就走開。無論說爸爸的新夫人好或不好，她都不敢再聽。

臨回北京，我見她又把那竹凳搬到廚房。竹凳也上了歲數，透著靈肉般的柔韌光色。還是一堆小魚兒，我不阻止她，懶倚在晾臺上欣賞她工匠般的操作。她將一條小魚鋪平在案上，拇指的指甲一推，去了鱗，再以一把小刀一剜，去了內臟。她已架起老花眼鏡來做這樁事了。竹凳叫疼一樣「吱呀」，她說：再有場「文革」就好了。你爸又被罰到鄉下，低人九等，就沒有女人要他了，祇有我要他。她不敢抬頭看我，怕我看見她眼裡還是那片無救的天真；還是小姑娘那張因非份之想而緋紅的臉。

我將一簍子烘熟的小魚捎到爸爸那裡。正是高朋滿座的時候，桌上是繼母的國宴手藝。我對爸爸使了個眼色，將他熟識的竹簍擱在了一邊。他瞪了它一會，似乎也愁苦了一會，又去和一桌朋友嘻天哈地。

父親肯定不會再吃這種貓食了。我眼裡盡是母親雕花般的剖魚動作。我本該將那簍小魚送給哪戶有貓的，祇告訴媽媽：是按她的作法做的：小魚水裡泡過，剁些青蔥，摻和豆瓣辣醬溫和地炒。

這天父親醉倒，當七八個客人的面，突然叫了幾聲母親的名字。客人都問被叫的這個名字是誰，我自然吞聲。繼母善良美麗的眼裡，全是理解，全是理解……

失落的版圖

——告別母親

我生平參加的第一個葬禮，竟是母親的葬禮。

今年三月的一個下午，我照例完成了一天的寫作，吃了一頓以牛奶為主的「站立午餐」，心裡莫名的生出一陣微痛的思念。我通常是在這種思念之痛突然發作時，一把抓起電話。因為是心血來潮，往往在電話那端有了應答時，發現自己並不知想說什麼；祇不過覺得母親的聲音比之信中的字更來得有聲色些，更物質些(Physical)，並且使我和母親遠隔重洋的溝通，又多出一維空間。這天我那識途的手指再次按下媽媽的號碼。對父母的電話號碼的記憶，早已不必經過大腦，手指頭就如鋼琴家熟識琴鍵上的音階那樣。

三月的那個下午（正是祖國的清晨）接電話的竟是我的繼父。媽媽是個敏捷至極的人，電話鈴一響，她總是聞聲起舞似的向電話一躍。我甚至懷疑她時時都埋伏著，守候我的電話。

自我遠嫁，她知道早晨七點的電話鈴聲必定發自我這裡。有時我連個「喂」都來不及招呼，媽媽那邊已經喚起來：「嘿！女兒！媽媽就知道是你。」而這回接電話的不是媽媽那相當青春的嗓音，事情已大不尋常了。我劈頭就問：「媽媽呢？」繼父沒直接回答，反問我失眠症可有好轉。無數猜測造成了我瞬間的木訥，任繼父例行公事地問我的寫作，問我先生的健康。我一字未答，等他圈子兜完，我仍是那句：「媽媽呢？」

繼父說媽媽住了醫院，前兩天剛剛經歷胃切除手術。他接著告訴我，媽媽胃癌已是晚期。在老爺子喋喋不休的陳述手術過程時，我重複地對自己說：有時惡夢也會如此真切，最終總要醒的，發現它不過是個唬人的夢。我祇希望此時有個人來猛力推推我，告訴我，我祇是讓夢魘所陷。卻是沒有這個把我拉出惡夢的人了。這惡夢我是要做到生命終結的。

媽媽是個那麼健壯的人，一副爽脾氣，怎麼可能患這樣可怖的病呢？每次回去探望她，她總是不容分說地拾起（扛起、背起）我的所有行囊，在擁擠的人群裡給我開道，我卻甩著兩隻空手，不斷懇求她慢些走，至少也讓我拎一半行李。她根本不理我，因為在她眼裡我一向柔弱，渾身沒三兩力氣。有時我會跟她叫嚷：「媽媽，別人看見我這樣甩著兩隻空手，讓你老太太當挑夫，會說這個女兒真夠『孝順』的！」她仍是不理會，祇是像個坦克一般闖去。這樣的一個媽媽怎麼會說病就病到了死亡的門口？

幾天後我到了上海，再乘火車到南京。媽媽已從外科轉到了腫瘤科。在我到達之前，大家都期待由我來把真實病情告訴媽媽。哥哥一家和繼父的兒女們都覺得輪不上他們來給予媽媽這一句宣判。正如二十年前，由我來宣判爸爸對她的感情已耗盡，他們的婚姻該解體。人們之所以把這份重大而殘酷的權力委派於我，因為他們知道我在媽媽心裡的地位，當然也知道媽媽在我情感中所占的篇幅。

從火車站到醫院的路上，我祇感到將遭判決的是我，而不是媽媽。人們在計程車上你一句我一句，講著媽媽生病的始末。我一句也沒聽進去，祇在心裡組合那個最殘忍的句子，我還一遍遍說服自己：媽媽應該知道真相；媽媽有權力明白地生或明白地死。我想，有我在她身邊，她會添很多力量來接受這有著巨大殺傷力的真理，我還相信媽媽的堅強，她那些磨難若擱在我身上，每一次都等同一個死亡。我在穿過腫瘤科的長走廊時，話都排好在了舌尖上。

進病房時，我後腳沒跨進門就見媽媽臉迎著門，眼睛望穿秋水地滿是等待。我叫了一聲「媽媽」，淚水淹著眼睛和五臟。媽媽眼中，那等電話的等，等信的等，等在火車站接我的等，此刻全聚集在那兒……。她像是等著我來搭救她，伸出已瘦黃的兩隻手，張向我，叫一聲：「女兒！」她嗓音已失卻了大部分亮度。我走上去，把自己置於她的雙臂之間。我那天在她病房裡耽了六個小時，那句最難啟齒的話，忽而在我喉口，忽而又退縮回心頭。我想，我們把真實瞞著她，其實不是為她好，而是為我們自己好，使自己能得到虛假的安寧氣氛。在偽造的好氣氛中，健康人與病人的關係，要好處得多。我非但沒把實情告訴媽媽，還去串通主治醫生，請他幫忙維護我們善意的謊言。可是在我就要離開病房的時候，媽媽突然拉著我的手。南京三月的春意，是潮冷的，媽媽的掌心卻如以往那樣乾爽和溫熱。媽媽說：「女兒，媽媽得的是癌症，你知道嗎？」

我瞠目看著她，看兩行眼淚從她眼裡流出，翻越了不久前才崛起的高高顴骨。我的手在媽媽的兩隻掌心裡越發冷下去。我說：「別瞎猜。不是的，祇不過是嚴重胃潰瘍。」媽媽看著我，有淚在我眼中燒灼，她笑了一下，帶出一口嘆息，似乎本指望等待我回來，就是要我同她一塊承受這份真實的；卻發現我也禁不住真實，我也站進了對她隱瞞真相的人群中，靠著謊言，混一天是一天。看來她祇得孤零零地去肩起那份真實的負荷。我眼淚再也噙不住，她卻輕快地拍拍我的手，說：「好好，不是就不是！」這種時候，她和我祇有不朝那痛處看，或者看穿也不去說穿它。

這天以後，我每天去附近的菜市場，買回最新鮮的魚和菜蔬。看媽媽吃飯，是我最緊張和痛苦的時候。她是吃給我看的，機械地咀嚼，任何美味之於她都不復存在了；再別出心裁的菜餚，在她嘴裡都嚼成一塊蠟。化療越來越使她的進食變成一種折磨。媽媽卻還總說：

「嗯，好吃！聞起來就香！」當然，這話她也是說給我聽的。我跨了重洋歸來，幫她回憶她從童年至今所愛的一個個菜譜，一些失傳的，一些刁鑽的，也都使出渾身解數為她做出來，她即使再難下嚥，也領我一份心的。我自然也是領她的心的。就像每天早晨我進入病房，大聲哈哈道：「媽媽，你今天氣色特好吔！」她總是領情地一句：「是吧，我也覺得不錯。」

第二次化療後，媽媽常從頭上抓下一大把一大把的頭髮，似敗草一樣。媽媽曾有好極的一頭厚髮，演「雷雨」中四鳳，編一根又粗又長的大辮子。那樣活的一根辮子，一甩一揮都是生命。話題就從頭髮開端，媽媽講起她演的一齣齣話劇中的一個個角色，講到得意時，她是完全康復了。退回了幾十年的歲月，眼睛也是二十歲的眼睛，那早已拖長而形成一條深皺的酒窩，又圓了。媽媽是好看的，年輕時更是，榮耀的日子有過不少，似乎什麼都有過，祇是從沒得到過爸爸的愛。

五月份，我必須回美國完成一些寫作，處理一些事物。那時媽媽的情形也相對穩定。臨走前的晚上，我在媽媽床邊坐到很晚。她忽然講起她生我時的情形。她講得很仔細，一個細節也不滑過。她說我是在三分鐘內就衝鋒到了她的體外，當護士告訴她「是個女兒」時，她從產床上竄起，拉起醫生護士的手就說：「謝謝！謝謝！」似乎是醫生護士們成全了她對女兒的渴盼。

我沒想到，媽媽會在離別時講這件事。也許她自己都不知它的喻意。

八月初，癌症已轉移到媽媽的脊椎，破壞了全身的造血機能。身體裡已基本沒有紅血球，媽媽在靠輸血過日子。然而所有的人都對我封鎖消息，擔心我失眠症再次大發作。似乎是某種感應使我早早訂了機票，於八月六日趕到上海。剛在旅館下榻，我便撥了電話，通報我的到達。而我得到的第一句話是：「媽媽昨天早晨過世了。」

我連一聲驚訝都無力表示了。下面的話我全聽不懂似的，祇是僵僵地把話筒漸漸從我耳畔挪開。我什麼也沒說，直接把電話掛斷了。似乎是一把刀刺進來，血尚要有一會才會流出來，疼痛也需要一段時間才能追上我的知覺。我一再問自己：我是個沒母親的人了？一個沒了母親的人是誰？我是什麼人？住在這空寂的旅館，走出去，外面將是個沒有母親的空寂世界。

我哭不出來。我坐在旅館的厚厚的陌生中，坐了不知多久。大約是十二點多了，我吞服了三倍於平常劑量的安眠藥，躺在床上，等著痛楚追上來，等著眼淚追上來。安眠藥半點效力也沒有，我再次吞服了更大劑量的藥。此時窗外的黑夜已在褪色。我無夢無眠亦無思。沒有了母親，祖國的版圖在我心裡，從此是缺了一塊的。

五點鐘，我起來，撥通了美國的長途，我先生恰在等我電話。我不知道講了些什麼，祇知道講得很長，抽泣使句子很斷裂。之後我收拾了行李，去搭最早一班往南京的火車。我坐在那兒，心裡白茫茫的，眼睛不大眨，也不大轉動。車上的人心情都很好，很熱鬧地買著沿途每一種特產食品。我沒了媽媽，人們照樣啃無錫肉骨頭。

追悼會安排在我到達的第二天。祇有一小時，因為殯儀館四點鐘關門。我臨時寫了悼詞，語辭文法都稍嫌錯亂，祇以滿腹遺憾，通體悲傷，將全文凝聚起來。我僅唸了第一句：「親愛的媽媽，我回來了，不過已太遲了……」站在第一排的哥哥「轟」的一聲大哭起來。四十歲的哥哥，我是頭一次看見他的眼淚。

媽媽躺在鮮花叢裡，嘴唇微啟。哥哥告訴我，媽媽的最後一夜，一直在喃喃地說：「不知還能不能等到歌苓了。」

媽媽年輕時同臺演戲的朋友們都來了。還叫著我的乳名，還口口聲聲叫我「好孩子」。有一剎那，錯覺來了。似乎又是幾十年前，我在後臺，穿梭於這些熟識的演員叔叔、阿姨之間，尋找媽媽。總會有個人喊：「賈琳，你的千金在找你！」

遺體告別儀式結束了，門外的蟬聲仍在嚎哭。我有一點明白，媽媽為何把我出生的經過那樣仔仔細細地告訴了我。

FBI監視下的婚姻

一

做媒的是我幼年時期一位女友。半夜，她打來長途電話，語氣熱烈地介紹道：「他是外交官！中文講得跟我一樣好！……認識一下有什麼關係？成就成，不成就拿他練練英文嘛！」

此女友是我幼兒園裡的小伙伴，從第一次婚姻中走出來的我即便對全人類都沒了信賴，對這女友，我還是有一句聽一句的。當然，對於一個年輕的美國外交官我也難按捺油然而生的好奇。

下午六時三十分左右，我在女友的公寓準備晚餐。聽叩門，我迎去，一個大個子美國青年站在門口，脖子上的細鏈吊著一塊牌子，上面寫「美國國務院／勞倫斯・沃克」。我們握手的一瞬，誰也不曾料到這塊進入美國國務院的牌照將會是那麼一種下落。更沒想到，這個隨意的相會在我和勞倫斯的生命中埋下了那麼戲劇性的一筆。

二

勞倫斯的確操一口標準國語。一問，原來他在美國駐中國瀋陽的領事館任了兩年的領事。他的隨和、健談立即沖淡了這類會晤的窘迫。我掛好他的外衣後對他說：「抱歉，我還得接著做晚飯，你先在客廳坐一會！」

他笑嘻嘻地說：「我可以在廚房裡陪你聊天兒！」

他於是一條胳膊斜撐在廚房餐櫃上，跟我東拉西扯起來，三句話必有兩句會逗我大笑。幽默至此的人，我還是頭回遇見。

三

不久，勞倫斯和我真成了好朋友。他常領我去參觀各種博物館，從藝術到科技，從天文到歷史。一天，我跟他走過國務院大樓附近的一條街，他神色有些不對勁，那種天生的嬉鬧逗趣，忽然全不見了，眼睛裡有的只是警覺。他對我說：「你最好裝著不認識我。」

「為什麼？」我納悶地問。

「我不想讓熟人碰見。」他有些尷尬地說。

「為什麼?!」我自認為自己還不至於使一個並肩走路的男人尷尬。

他支吾。

等我們在一個飯館落了座，我仍是耿耿於懷，半打趣地問他：「怎麼啦，跟一個中國姑娘走一道有傷體面？」他忙解釋，絕對不是因為我。他微擰眉頭，身子湊我近些，說：「你知道，美國外交官是不允許跟共產黨國家的人結婚的。」

我頭一個反應是：他在胡扯，要不就是逗逗我。

「有那麼嚴重？」我問。

「我希望沒那麼嚴重。不過在我們關係沒確定之前，我還是應該保護自己，也保護你。不然他們會來麻煩你的。」

我想，保護他自己該是最真實的顧慮，美國人嘛，保護自己，是頂正當、頂正義的一件事。我還是認為他在故弄玄虛，在他們美國人太過溫飽平和的生活裡製造刺激。

我笑了，對他說：「你是ＣＩＡ（中央情報局）的吧？」

「不是。是也不會告訴你。」他睜著誠實的藍眼睛。

「那你肯定是！」我靠回椅背，感覺臉上的笑容已狡黠起來。

「真不是！」他又急又委屈。「是的話，我決不會答應去見你！我只是一名普通的外交官！美國在五〇年代初制定了外交官紀律，跟任何一個共產黨國家的公民建立密切關係，都要馬上向安全部門彙報。」

我又對著他瞅一會，才認定他不在開玩笑。

「那就不要和我建立密切關係。」我說，帶一點挖苦。

「我想辭職。」他說。我吃一驚：「值得嗎？」

「我寧願犧牲我的職業。」他說到此沉默了，似乎在品味這場犧牲的意味。對於精通八國語言的三十二歲的勞倫斯，做外交官應該是種最合理的選擇，甚至是僅有的選擇。辭去外交官的職業，無疑是一種不得已的放棄。

「就沒有其他通融方法了嗎？」我問，焦慮起來。

他笑笑：「我辭職，比他們把我踢出來好。」

幾天中，我腦子裡一直盤旋著這個問題：難道我與他的結合必須以他失業做代價嗎？難道他在我和他的事業之間必須做一場哈姆雷特式的「是活還是不活」的抉擇嗎？好在我們並不在一個城市，距離可容我將這事冷靜地思量。我倆都想安安穩穩相處一個階段，一方面加深相互間的了解；另一方面，他必須暗中聯繫工作，一旦外交部向他發難，他不至於加入失業大軍。

四

一年後的一個下午，我如常來到學校，一進教室，幾個同學眼神異樣地瞅住了我。我是系裡唯一的東方人，所以我習慣被「瞅」。然而這回卻不同。課間，一個年紀小的男同學跑到我身邊來：「你幹了什麼了？」

我反問：「我幹了什麼了？」

「上課前有個ＦＢＩ（聯邦調查局）的傢伙來找系主任和幾個同學談話，調查你的情況！我估計他是反間諜部門的……」

那麼就是說，我正被懷疑為間諜？我吃驚得說不出話來。

「ＦＢＩ怎麼會知道我？」

「聽說是因為你的男朋友，是他把你的資料提供給他們的！」

回到公寓，我馬上給勞倫斯打長途。的確是他「供」出了我。在不久前的一次外交官安全測試中，他在表格中填了我的名字和我的背景材料。在他對我倆關係的闡述中，他老實巴交寫上了「趨向婚姻」。

「你沒必要現在就講實話呀！你不是在爭取被派往羅馬嗎？」我急問。

「我們宣誓過：對國家要百分之百地誠實！」他答。

電話中他還告訴我，剛填完「安全測試」表格，他便收到去羅馬的委任書。我早了解到他對羅馬和義大利的嚮往。他還告訴我，他的義大利語已通過了考試。我的心似乎鬆下來，也許美國在冷戰時期建立的規章已名存實亡，我和勞倫斯的關係或許不會給他的事業帶來太大的害處。我告訴他：只要能幫他保住外交官這個不錯的飯碗，我不介意ＦＢＩ的打攪。

「ＦＢＩ？」他吃驚道：「他們找你幹嘛？」

「他們不是根據你提供的資料調查我嗎？」

「不可能！我填的安全測試表格是國務院安全部發的，ＦＢＩ絕沒有可能拿到它！」他疑惑道：「你是不是聽錯了，把別的安全部門當成了ＦＢＩ？即便是ＦＢＩ，也不會這麼快——我剛剛在表格上填了你的名字，他們已經找到你學校裡去了……」

我說但願我搞錯了，還希望這是那男同學跟我開玩笑。

五

然而，就在當晚，我接到一個陌生人的電話。是個十分和氣的男聲：「……別緊張，我是ＦＢＩ的調查員。」他說：「請你明天上午到我辦公室來一趟，好嗎？」

我答應了，心「突突」直跳。這個約會辭令已很不美國化了；男人約見女人，首先該問女人何時最方便，由女人決定時間，而這位調查員卻指定時間、地點。掛上電話不久，鈴又響，拿起聽筒，竟然還是那位調查員！這次他一字不提我和勞倫斯，天南海北跟我聊起來。他的中文帶濃重的山東口音，我祇得捧著電話認真應付他，心裡明白他的「閒話」不閒。

第二天上午，我準時來到了ＦＢＩ的辦公地點，卻不見任何人在會客室等我。十分鐘過去，從側門走出一個二十七八歲的男子，以標準的中文對我說，約見我的那位調查員生了病，只得由他代替來與我談話。我跟他走進一間很小的房間，裡面的陳設一看便知是審問者與被審問者的席位，四壁無窗，氣氛單調得怵人。審問者倒是客客氣氣，不斷提問，我回答時他就一一往紙上寫。不一會我發現他的提問兜了個圈子回來了，我原本流暢地對答，變得越來越吞吐。我發現他在摧毀我的邏輯，而邏輯是我的防衛。我看著他帶有白種人冷漠的禮貌的臉，突然弄不清自己是好人還是壞人。

幾天後，兩個朋友給我打電話，說他們都受到了ＦＢＩ的盤查，中心內容是核實我的證詞。

我開始抗議，拒絕跟這幫調查員再談一個字。馬上，勞倫斯那邊感到了壓力。他打電話給我，口氣很急：「為了調查能盡快結束，請你忍一忍，配合一下！」

「我是個中國人，你們美國要做得太過份，我可以馬上離開這個國家！我以為美國是個最自由的國度……」我又悲又憤，啞了口。

「請你忍一忍，好嗎？等我們結了婚……」

我厲聲打斷他：「我寧可不結婚！」

勞倫斯在那邊頓時沉默了。他意識到我生活中的寧靜的確是被這婚約毀掉的；我的確因為他而失去了躋身於無名之眾的安全和自由。我不敢肯定我的每個電話、每次外出是否處於某種監視之下。最大的諷刺在於：我是在美國懂得了「人權」這字眼，而懂得之後，又必須對這個神聖的權力一再割讓。亦或許，他們的人權是有種族條件的，對一個我這樣的外國人，他們以為祇要有一層虛偽的禮貌就可以全無顧忌地踐踏過來。

勞倫斯在電話上流露出懇求的語氣：「你一定要忍耐，就算為了我，好嗎？」

我答應了。我已意識到在這裡做外國人是次等人種；次等人的人權，自然份量質量都不足。

轉而，他興奮地告訴我，他已收到了美國駐義大利使館的歡迎函。我想，也許我的忍耐會給我倆帶來美好結局，那麼就忍吧。

六

半個月過去，那個帶山東口音的調查員再次露頭。他請我去他的辦公室會談，卻再次遲到半小時。此調查員先生四十歲左右，個不高，有無必要都張開嘴哈哈大笑，有種亂真的山東式豪爽。當你看到他一雙油滑的灰眼睛時，你知道他的心根本不會笑。

「請坐請坐，我們已經是朋友了！」他哈哈道。

我不置可否。

「怎麼樣啊？你和勞倫斯什麼時候結婚？」

「還沒計劃。」我笑笑。

他裝著看不見我臉上的疲憊，和掙扎著壓下去的反感。又是一間不見天日的小屋。他開始問我父母的出生年月日，以及我自己在哪年哪月哪日做了哪件事。我仔細地一一答對，一個數字上的誤差就會被認為成謊言。謊言不可能被精確地重複。

「這些問題，上次那位調查員已經問過四遍了！」我終於苦笑著說。

「是嘛？不過我是頭一次問你，不是嗎？你的每件事對我都是聞所未聞！」他搖頭晃腦地用著成語。

我突然意識到，上次他根本不是因病失約。他成心讓那個年輕調查員先盤問我，目的是找出我兩次答對中不相符的地方，那將是他們揭開我「真相」的索引。問答還算順暢。我有什麼好瞞呢——出身於文學家族的我十二歲成為軍隊歌舞團的舞蹈演員，二十歲成為小說家，祖祖輩輩沒出現過政治人物的家族繁衍到我，政治觀念已退化到了零。

"Is your father a member of communist party?"（「你的父親是共產黨員嗎？」）

他突然改成英語問。我明白他的用心：他想製造出無數個「冷不防」。我在母語上的設防，極可能在第二語言中失守。一瞬間猶豫，我說：「是的。」

問答又順暢起來，如此持續了半小時，他無緣無故再次山東味十足地哈哈大笑起來，說我的合作十分理想。我心鬆弛下來。他一面收拾桌上的案卷，一面不經意地對我說：「有件小小的事還得勞駕你協作。」

「什麼事?」

「假如我們要你做一次測謊試驗，你是否會答應?」

這太意外了，我企圖看透他似的睜大眼。

「絕不會費你太長時間，」他開導我，「這樣可以大大加速調查進程。」

一時間我想到勞倫斯的話，「請一定再忍耐一下，就算為了我!」

我點點頭。

晚上我在電話上冷靜地告訴勞倫斯，我接受了做測謊試驗的要求。他那邊炸了：「你怎麼可以接受這種無理要求?!這簡直是人身侮辱!衹有對犯罪嫌疑才能提這樣的要求!」

「那我怎麼辦?!你以為我情願?」我氣惱並充滿委屈。

「我要起訴他們!這已經成了迫害!……」他衝動地喊起來，「這不僅侮辱你，也是對我的侮辱!你不該答應!」

我搶白道：「我也不應該接受你的求婚，不應該來這個貌似自由的鬼國家!」我一吐為快地說。

我掛斷電話，獨自坐在沒開燈的房間裡，一種寄居異國的孤獨感頭一次那樣真實可觸地浮現了。原來，我並沒有著陸；這個國家不允許我著陸。

勞倫斯第二天突然飛抵芝加哥，他很不放心我的情緒。我告訴他，我不願為這場婚姻給他和我的生活造成那麼多麻煩；我不想任何人推測我懷有某種意圖來靠近一個美國外交官；如此推測是對我尊嚴的侵犯，是對我人格的貶低。

「你別再跟我來往了。」我說。

「事情不像你想的那麼嚴重，也許這只是例行的調查。」他安慰我，心裡卻十分沒底。

勞倫斯回去後，打電話告訴我，他赴義大利的行期已定，他已向上級遞了通知：在赴任前和我結婚。

「現在沒事了——也許這場調查的結果是令他們滿意的，否則他們早就該取消我去羅馬的調令了……」他說，帶著僥倖者的喜氣：「他們再不會要你去做測謊試驗了！」

我也感到了釋然，情緒好轉。電話剛撂下，門鈴響，從窺視孔看出去，我又傻了：來者竟是那個矮個調查員。

「很巧，我散步時發現你幾乎是我的鄰居！」他笑哈哈說道。

第一個直覺便是：幾天來他監視了我和勞倫斯的行動。

我讓他進門，讓他以「瀏覽」為名偵察了我房內的一切。

「最近你忙什麼吶？」我問道。

「很忙。」他答非所問。

「是不是你們必須創造一些事來讓自己忙？」

他看我一眼，大概在琢磨我的出言不遜是出於壞的英文還是壞的教養。

「對了，我上次忘了告訴你日期，」他說：「你不是已經答應了嗎——就是那個測謊試驗？我想請你去填一張表，簽個名，表示自願作這個試驗。」

幾天後，我卻又接到一個電話，那人自我介紹道：「我是外交部安全部的，我可以和你談一次嗎？」

交談開始前，我告訴這位友善得多的先生，ＦＢＩ已無數次向我提問過。

「ＦＢＩ？」他大吃一驚：「這事與他們有什麼相干？這屬於外交部內部的安全問題……」

「活見鬼，他們有什麼權力干涉外交官的安全審查?!」他瞪圓眼睛，向我張開兩個巴掌。

我拿不準他們是不是在跟我唱紅臉、白臉。我不能完全相信他的話，儘管他比ＦＢＩ少了些警察氣。對話完畢，我問：「下次談話在什麼時間？」

他驚訝地笑一下：「下次？我想我們這次談得很成功，不需要下次了，不是嗎？」

我長吁一口氣。他送我出門時又說：「你看上去很焦急，千萬別。你們一定會結婚的，一定會一塊去羅馬的，我預先祝賀你們！」

星期四我上完了課，如約來到ＦＢＩ總部，坐在接待室那張熟悉的沙發上等待。矮個調查員滿面春風地迎出來，手裡拿著一張表格，嘴裡打著慣常的口不由衷的哈哈。

我剛要伸手接表格，他卻突然一縮手，說：「我希望這裡面不帶任何強迫。」

我無表情地咧咧嘴，意在表現一種「死豬不怕開水燙」的大無畏。

「我希望這完全是出於自願。」他更強調地說。

我說我明白。表格被鄭重地遞到我手中。我拿出筆，用力瞅他一眼。往這張表上簽名的是什麼人？騙子？小偷？殺人犯？……沒有比讓一個說盡實話的人做測謊試驗更屈辱的事了。

我還是像一切騙子、小偷、殺人犯一樣順從地簽了名。

回到家天已黑，答話機上信號燈閃爍，我打開它。上面竟是勞倫斯氣急敗壞的聲音：「……今天下午一點半，我得到國務院通知：我已不再有資格進出國務院大樓！……我去羅馬的委任令也被撤銷！」

我不相信自己的聽覺，馬上打電話過去。勞倫斯正憤怒得冒煙：「他媽的！安全部剛剛來人讓我馬上交回國務院大樓的出入證……」。

「你交了嗎？」我問。

「我堅持要他們拿收據來，我才交……」他口氣越來越急，我怎麼勸他也安靜不下來。從他不太成句的話裡，我完全能想像他最後那個激烈卻徒勞的行動。

我突然意識到，在我往測謊試驗的表格上簽字時，勞倫斯的命運其實已被決定了；就是說，FBI在向我強調這個測謊純屬我自願的時候，已知道了外交部對勞倫斯的處置。為什麼還不放過我呢？

我們在電話的兩端沮喪著，沉默著。二十世紀末了，我和勞倫斯的結合還必須經歷如此一幕；似乎古典，似乎荒誕。

「還沒完呢——我還得去做那個測謊試驗。」我說。

「讓他們去見鬼！」勞倫斯說。

「可我今天已經簽了名，同意做了……」

我想這大概是勞倫斯有生以來最憤怒的一次。

一九九二年秋天，勞倫斯和我在舊金山結了婚。他得益於自己的語言天賦，很輕易便在德國政府資助的商會找到了工作。日子是寧靜的、明朗的，但我仍會冒出這麼個念頭：我身後真的不再有眼睛、電話上不再有耳朵了嗎？會不會哪一天突然跑來個人，又客套又威逼地邀請我去做測謊試驗？

……誰知道。

未老莫還鄉

九三年六月，我帶著我爸媽的洋女婿回國省親。對於我結的這個「洋婚」，我父母始終沒有明言的贊同與反對。他們的內心獨白大概是：「難道這是真的？」

爸媽離異後，各居南北二京。事先已想妥，這個家庭政治平衡可不能玩砸了：南、北兩京城我跟洋女婿得各住八日；一處多住了，怕是會有厚此薄彼之嫌。我是無所謂：我整個這個人是父、母美德與惡習的集大成，我根本沒意願對二老擇出親疏。祇是洋女婿有意見，他認為北京大而物博，自然該大住；南京呢，小住為佳。我說：「你要想當好中國人家的女婿，第一步就是聽我的——我是說在中國境內。」

在上海吃了幾天黃膳，擠了幾趟淮海路，乘火車北上。一路看，「正是江南好風景」。車倒舒適，有空調，有昂貴的無錫排骨和可口可樂。到南京太陽將才落進長江，剩的就是熱。那個熱像往身上裹一層熱的膠膜，想往下揭它，又知揭不掉。

媽媽顯然才去了髮廊，頭髮剛剛出籠。跟我握手時，眼睛不斷去看洋女婿，潛臺詞是：這回噩夢成真了。

「住處給你們安排好了——住曉明丈人家。」我媽說。

曉明是我繼父的兒子，當下隨父母攜老婆南遷，在深圳開公司，說是苗頭不錯，一時回不來南京。

洋女婿馬上道謝，但表示他寧願住旅館。

我用英文溫和地請他閉嘴。「媽，恐怕不方便。」我說。

媽說：「哎喲，我提前三天就把房子清掃乾淨了！」

顧慮到媽媽那三天汗流浹背的清掃，我們答應去住。省一筆旅館費也樂得。媽說那房子的客廳裝有一個窗式空調，哪裡還及不上旅館？算不上三星，二星一定夠格啦。淋浴也有，就是水勢小，跟人拿嘴吐的一樣，媽又說。

僱了一輛機動三輪車，連人帶貨就往那住處去了。一路上的南京人都朝這個坐三輪的洋人行瞠目禮，怕他偌大個人把車坐翻掉。有人還「嘔嘔」吼一嗓子，沒有好意也沒有惡意。我心想，我們不成了個遊行動物園？

到了那弄堂口時，一輛巨大的卡車正堵在那兒，我們的三輪車進不去。等了一會，見大卡車上有人上上下下地搬箱子。

司機說：「有的搬哩！」

過了十分鐘司機又說：「還不曉得要等到哪時候！」

又過十分鐘，司機不高興了，叫我們結賬下車，自己拖著上百磅重的兩個行李進弄堂。媽跟他吵，說這條弄堂有半里路長；司機說，已經等掉了他半小時的生意了。

我們拖著箱子走進弄堂時，家家都在吃晚飯。天熱，家家都把小桌子小椅子擺在門外面。飯菜都很簡單，人們邊吃邊看我們，同時大聲說：「咦，外國人！」

箱子的軲轆滾在麻坑的路面上吵死人，真是很不識時務。更多的人夾在窄弄堂兩邊，對著我先生說：「咦，老外，老外！」

這個老外倒不靦腆，自己也說：「老外，老外。」

聽到老外講中國話，人們都快活了，弄堂裡又添一成熱鬧。我媽說：「這裡沒來過外國人。」

樓房沒電梯也沒電燈，人們此時都跟到了樓梯口，看我們如何把兩個大行李往上搬。都覺得老外搬東西的笨拙模樣太好玩，於是就看他搬，絕不上來搭把手。從一樓把行李搬到五樓，我們三人都流汗流成了濕人。

房是很大，有四間屋，有空調的客廳沒有人睡的地方，媽建議我們將大床墊抬到客廳，擱在地上睡。「天熱，沒那麼多講究；什麼客廳臥室？哪樣舒服哪樣來！」媽媽說。說完她就告辭了，好讓我們早些歇息。

一小時之後，我終於忍不住對我先生說：「這空調一點冷氣也沒有。」

他將手伸上去，試一會那裡面出來的風，說：「仔細感覺，還是有一點點冷。」他這人一向能在壞事中找出好來。

「可它太響啊！」我說。

「我來看看，能不能讓它輕聲點。」他開始扳弄它的這個鍵那個鈕。他這方面從來不靈，它更響了。

我大聲說：「你別把人家弄壞了！」

他馬上住手。我們倆就那麼汗流浹背地偏著腦袋瞪著這個又熱又鬧的東西，等著它把我們冷卻下來。實在不行了，我終於說：「還是打開門窗吧，我快沒氣了。」

後來發現開窗也不對，好幾扇窗沒有紗窗，滿屋子都是蚊子叫。再關上窗拍蚊子，直拍到半夜十二點。總算累得死過去，倒在了那張大床墊子上安生了。

起初我以為我做起噩夢了，夢到警車嗚嗚地叫，還加著警察的打門聲：「開門開門！公安局的！……」

我「哇」一聲大叫，我先生給我叫醒，一副「不知身是客」的表情。這才發覺不是夢，果真有人在打門，打得好兇：「開門！開門！公安局的！」

我倆相視一眼，瞬間都在想我們這半輩子都幹了什麼讓警察半夜為我們操勞。我忽然想起我這是在自己祖國，不及時請警察們進來是不對的，是會有後果的。

我趕緊奔向大門，還抱著千分之一的希望向門外問：「請問是哪位？」

「警察！」

「請問找誰？……」我聲音很乖，還帶點微笑。

「找誰？」警察說：「查戶口！」

我想我們是有戶口的，有美國的一大把戶籍證件，我怕什麼？我就把門打開了。門口的三個男人沒一個像警察的，都穿著短褲，腳上是涼鞋，沒襪子。再看看，連涼鞋也不及，其中二人穿的是拖鞋，露著風塵僕僕的腳丫子。三個人雖然衣冠不整，卻是個個正顏鐵面。

「誰是這房子的主人？」三人中稍老些的問我。

「主人不在……」

沒等我說完那人就問：「那你是誰？」

這時我先生已出現在客廳，一臉的糊塗。我用英文簡單解釋了我倆的處境，然後仍用英文對他說：「不要講中文。由我來和他們對話。」

三個不速之客眼睛飛快地掃掃我，又掃掃這位手無寸鐵的大個頭老外，一種「果不出所料」的淺笑出現在他們嘴角。

「把你們的證件拿出來！」老成的那位喝斥我，眼皮耷拉著，似乎不屑把我往他視野裡裝。其他兩位也表現出相同的鄙夷。

「原來鄰居們還真看準了……」一個年輕警察說：「現在這種女的真不少！」說著他抖抖腿，趿著拖鞋搜視整個房去了。

他們把我當成了個掙老外錢的暗娼了。或許左鄰右舍就這麼報的警。

我走進客廳，在地鋪上坐下來。我對我自己的從容十分滿意。這時我先生已明白了一切，憤怒地瞪著三人，將我倆的身份證件「啪」地往他們面前一拍。

我使勁壓住被恥辱引出的噁心。

「你和他，」那年長警察以下巴指一下我的老外夫婿，像是指一件家具，「是什麼關係？」

我及時制止了我先生的回答。正因為他通中文，我才恐怕他發言。任何一個人在情緒激動時都最好不用非母語講話，肯定講不好。我怕他萬一講出不知深淺的什麼詞兒，惹惱了這三位，我們今夜很可能被捉去坐班房。最終當然會無罪開釋，但在這樣的熱暑中，跟其他犯人擠一塊，沒窗子，沒澡洗，加上蚊子臭蟲，……到末了開釋你，你罪也受完了。恐怕連個「對不起」都不會有；關錯了就錯了，放了你不就兩清了？有那被誤關幾十年的，放出來直感激得慌，跟拾了大便宜似的。

「夫妻關係。」我回答。

三個人相視一眼。

「有結婚證嗎？」

此刻我先生正在包裡激烈地翻騰。他是對的，上路前將英文的結婚證譯成了中文，又拿去中國領事館作了公證。當時我還笑他迂道，中國現在充滿自由和人權，跟我離開時大不相同了。但我制止了他：「先別動，先聽我的。」當然我是講的英文。

「你們都看過我們的證件了？」我說：「知道我們是誰了？」

三個人威嚴地沉默著。

「那麼，請把你們的證件拿出來，因為我還不知道你們是誰。」

他們沒料到，一陣無聲的慌亂。

「按說你們夜闖民宅，頭一個就該亮出你們的牌牌。任何受過正規訓練的警察都會在搜查別人之前亮出身份，是吧？」

其中一位問同伙：「你們哪個帶了？我忘了帶。」

唯有那個年長者掏出了一個小紅本，打開，裡面寫了他名字，他是男是女，他幾歲。那是某某派出所的工作證。

這時我先生將我們的結婚證書在他鼻子下面展開，手指使勁點了點上面加利福尼亞州長的簽字，又點點那枚金印，最後，以最強調的手勢，指住中國領事館公證的大紅圓章。他胸脯漲滿了氣，顯眼地急速起伏。我知道他話已滿到了喉嚨眼，祇要我應允，最粗的話就會啐出。他享受慣了他們的人權。

全檢查完了，沒有絲毫破綻。年長的警察將證書還給我，我先生卻正照著他工作證上的姓名一筆一劃地往一張紙上抄。年長警察抖了抖嘴角，髒腳丫子在拖鞋裡抽搐幾下，對沒拿住我把柄、將我當暗娼捉走這事很想不通。我不是暗娼，他也無法按制嫖客的法子狠狠罰出一筆錢來。他挺失望，臉都有點瞌睡了。

我想這回他們該讓我們接著把覺睡完了。沒料年長警察說：「你們不能住在這裡。」

「我們有房子主人的邀請。」我說。

「房子的主人也沒權邀請一個外國人住到家裡，你知道你們現在在誰的房子裡嗎？」

我想：什麼?!

他說：「國家的！」他瞌睡沒了，滿臉國威。他又大起來了，高起來了。

「那好，我們明天一早就搬走！」我說。

「不行！你們必須立刻搬走！」

我提高一個調門：「現在你讓我們往哪兒搬?深更半夜，連出租汽車都找不著！」

他細聲慢語地答道：「那是你們的事。」

我問：「附近有旅館嗎？」

他說：「我不知道。」他當然不會不知道，在這一帶當保長，當到了這個歲數。「我告訴你，你必須馬上離開此地。你們必須住到指定的外國人允許居留的旅館，外國人不能想住哪裡就住哪裡。」

我想我千萬得管好我的兩隻手，免得一不留神它們扯開大巴掌照那臉上摑過去。還好我先生遵守諾言，氣得眼珠子更藍了，卻始終不吱一聲。

我說：「現在十二點半了，我明天一早——六點就搬，不行嗎？」

他說：「你們必須現在搬，否則我們不能保證你們的安全。」

我先生再也挺不住，大吼一聲：「保證我們的安全，就是讓我們睡在馬路上嗎?!」

三位都嚇一大跳。他那一口遠比他們標準的中國話大出他們所料。

我祇得給各家旅館打電話，看看誰肯在這個時辰收容我們。終於找到了玄武賓館。

我對三個仍矗在面前的三位長官說：「請你們出去，我們得換衣服和收拾東西。」年長的警察說：「要快些，你們不離開，我們也不會離開的。」他根本意識不到我剛才的話裡有要他難為情的意思。

我們拖著行李從弄堂走出時，各個黑洞洞的門窗裡都有人頭人臉。我頓時想，他們對於別人的風化問題非常在乎。

到了玄武賓館，我們仍無落足之地。因為我們沒有護照，我們的護照叫一位朋友拿了去，代我們買去北京的機票了。給朋友打電話，他說他買不來機票，買票的是朋友的朋友。

「沒有護照，我不能給你們開房間。」櫃臺小姐說。雖然也不善，但比之一張半老警察臉還是受看得多。

「我們已經很累了。」我說。

「我們已經很累、很累了。」我先生說。

我先生的話顯然被理會了。小姐指指大廳一頭：「你們可以在那邊的沙發上休息。」她表情說：我已經再慷慨沒有了。

我們看看沒戲，祇得拖著行李捱到牆邊沙發上，休息。早晨四點，朋友取回了護照，我們才被賜了間房。我先生卻整個地沒了覺，從冰箱裡取出一瓶又一瓶啤酒，邊喝邊給南京市長寫信。他以為市長會讀他的信。信寄出後從來沒有過任何回音。我們回到美國，跟朋友們嘻哈地講這事，都當笑話聽了去。

我們現在還記著那位為首的警察的名字，不知他現在可還忙著為國家除害，夜闖民宅、捉奸捕盜。但願他那正義感是真的。

我漸漸不再講這事，因為我漸漸發現它的不好笑來。無奈的是國還是自己的，因為家在那裡頭，不回去不成。我常對許多不懂中國的人說：中國在一天天好起來，你們該去看看。我這樣說時，企圖笑得真切並且驕傲。

海峽兩岸，我有兩個姑媽

在北京炎熱的幾天，傳來大姑的死訊。大姑死在東北一個偏遠的小城，她在那裡生活了半輩子，死也死在那裡。十年前從臺北移居洛杉磯的小姑打電話來，問大姑死的前因後果，父親卻講不清什麼。她死時沒人在身邊，姑父下班回家，祇見她坐在椅子上，頭抵住牆，膝上放著一隻竹箕，裡面是些綠豌豆，一半剝開了。她面前的桌子上攤著一疊裝訂成冊的信箋，那是她兩個兒子幾年間寫給她的信，他們前後腳地去美國留學已四五年了。

很快收到大姑殯葬的相片。靈堂很空寂，幾乎僅有姑父一人守著，但四周無數花圈的輓聯卻題示著故者所能念及的一切人，包括早已淡忘了她的遠親中的晚輩。當然，花圈可以租用，祇需姑父寫若干輓聯。小姑吩咐替她送只鮮花的花圈，她隨後寄美金來，卻未能兌現，那個小城連八月裡也沒處尋鮮花。死去的大姑倒沒有顯得更老更憔悴，似乎上帝在這副容貌上已沒什麼可糟蹋的了。祇是那雙眼落進了深淵，它們曾浮在上面盼許許多多東西，直到什麼也未盼上，便心甘情願沉到了底。兩個兒子得到了噩耗卻也回不來，六月的屠殺，七月的逮捕，接下去是沒完沒了的「清理思想」，回來就意味著一切一切的斷送，包括他們不幸的母親暗藏在心裡的憧憬：曾見大姑時常沒來由地對著一片虛無驀地一笑，美妙而古怪，那便是她在對兒子們未來的憧憬了。

翻箱倒櫃地，我找出大姑的一些照片，浮頭一張是她五年前去美國與小姑的合影。兩個姑其實僅相差一歲，因上海老家人管她倆一個叫「大囡」，一個叫「小囡」，因襲到我這輩，一大一小就被叫成了定局。這張照片是我去年到美國訪問時，在小姑家發現的。那上面小姑顯得活潑、嫵媚，臉色和衣著都青春極了。看它便讓我憶起小姑那無憂無慮的笑聲，我這個年紀，即便在我最快活的時刻，也不會笑得那樣好。那笑是一個認定自己優越，認定自己得寵於命運的人發出來的。相片上與小姑比較，大姑是驚人的蒼老，讓人疑惑她倆是母女。那相片攝於賭城Lasvegas，據說大姑因心痛錢，一個銅板也不肯賭，險些讓人逐出賭場。那種「發財團」給人免費吃住，賺得就是人們輸在賭場裡的錢。大姑把小姑給她盡興去輸的兩百元悄悄藏好，以為在賭場空逛兩天錢便省下了，不料卻犯了賭場的規。後來她輸掉一堆五分硬幣，吝惜得在大庭廣眾下直跌足地對小姑發脾氣，怨她不該帶她到這種「糟蹋錢的地方」。

兩百元美金，若在大陸的黑市換成人民幣，恰恰是姑父一年的工資。而三百六十五日需斤斤計較、慘淡經營才維持下來的一家幾口的生計，在大姑看來是那麼沉重而實際。那便意味著：兒子身上少幾塊補釘和餐桌上多幾頓葷菜，也意味著不必再與鄉下婦人們結伴去工廠外拾煤核，還有，就是意味著，夫妻間省卻許多關於錢的討論、爭執和口角。他們本該去談他們都內行的音樂、文學，和他們有過的美好的昔日時光。與大姑接觸時，我曾發覺她的幸福不在現實中，甚至不在未來，而在久遠的往昔：當她還是個被一群男孩追逐的少女時，當她的家還未被共產主義鬧得分崩離析時。相片上大姑的笑容使我驚異；在她黑黃的窄窄的臉上，竟容得下那麼多皺紋，它們是由痛苦而生的，很不相宜去表現歡樂，因此一笑便顯得一張臉那樣亂。還有那雙手，又黑又瘦、神經質地糾結在胸前。

大姑曾悄悄將那樣一雙手擱在小姑家客廳的鋼琴上，又膽怯又興奮，卻始終未碰響一個音。她在上海音專時，可以在琴上遊戲、抒情，甚至惡作劇。那時小姑也彈琴，大姑常對小姑缺乏樂感、公事公辦式的彈奏取笑不止。而幾十年後的大姑卻在那架巨大的、光彩逼人的鋼琴前枯坐，一雙手進退維谷地伸開又縮起，似乎一再企圖打破她與它之間太長久的僵局。見她那樣坐在琴前，所有人都屏聲斂息地等待，等待這個沉默了三十多年的琴手奏出的第一組旋律；那或許是淒慘的，也或許是滑稽的。然而她卻始終一聲不響地與琴面面相覷。直到有天琴的主人，十二歲的朱麗（小姑的孫女）忽然叫道：「姑婆，你洗手了嗎？」她才大夢乍醒般逃開了。她原以為沒人發現她對這架琴的暗自垂青，沒人注意到她對它那樣貪婪又那樣無能。她那雙與雪白琴鍵形成刺目反差的手，似乎真如朱麗疑惑的那樣，附著著污垢。她抱歉地向朱麗陪笑，所有人都不解她何至於尷尬到那種地步。小姑告訴我，看見大姑自卑至此，她幾乎想哭。她曾希望她起碼在這唯一的領域對人們有所征服，這個征服對其他人並無任何意味，對大姑本人卻是她自信心崛起的機會，而沒有丁點自信，小姑知道，在這個錦衣玉食的家裡，大姑並不愉快。善良體貼的小姑卻看見大姑逃難一般離開了琴，從此再不進那間客廳。似乎她的身影在那裡出現，都會把那裡的華貴潔淨，甚至從那裡流淌出來的琴音，糟蹋得不成話。關於這雙手怎麼會成了一副不堪入目的樣子，大姑並沒向小姑講。大姑對自己的苦難閉口不言，總那樣安詳地垂垂眼皮，你理解是知足常樂或心如槁灰都可以。

接著我又看到一張大姑出國前的照片，它攝於機場。看上去大姑似乎鼓足了投奔新生活的勁頭。她穿著灰西裝，戴一副過大的太陽鏡，為這套裝束，加上購買欲贈送美國親友的一大箱子禮品，她捶胸頓足地花完了全部積蓄。但到美國她連那只裝禮品的箱子都未曾打開，因為當她一見小姑家的房子和佈置，便感到自己準備的禮品全都寒酸得拿不出手。記得我見她那身不倫不類地裝束，與她打趣道：「您真像個時髦的女共匪。」她指指頭髮，頗得意地問我：「頭髮怎麼樣？」我連忙稱讚。早一個禮拜她一直氣急敗壞地對姑父嚷：「總得燙頭啊，總得弄個髮型啊！」我們大家都不解，何故燙髮使她那般煩躁。在北京的大街小巷串了多天，總算讓我們明白了，她是為燙髮的價錢恐懼和惱火。末了在最便宜的小剃頭鋪裡，她燙了個老早老早就過時的髮型。快進海關之前，她總盯著母親，幾次欲語又止。幸好母親在最後一刻想起來了，忙從裡外幾層的厚衣服裡解下她那根極細的金項鍊，說：「你看我這記性，忙忙就忘了這事！」似乎為這根項鍊，她們私下有過商榷。大姑一陣欣喜加窘迫：「我就借戴半年，回來就還你。」母親說：「還回來做什麼？你當年要不回來，也沒後頭這三十幾年罪受！」姑父警惕地看看四周。大姑忙說：「說它幹嘛。」對小姑，大姑對自己的不幸隻字不提，她也希望我們不要提。她說大陸人對國外親戚是訴不完的苦，哭不完的窮，似乎有這種言下之意：我們是因為你們這些海外關係才倒了楣；似乎人家的享受因了你的苦難而成了罪過。我忽然悟到，自卑的大姑實際上是個多麼自尊的人，包括她借來的金項鍊，都引不起我半點批判，相反，對這顆遍佈傷痕卻仍然存活的自尊，我祇有折服和悲哀。

順著那堆相片翻下去，我找到一張很小的「全家福」，那是文革後大姑寄給我們的。相片中的兩個表哥不知胖還是虛腫，臉蛋都顯得很大。相片後面有大姑俏皮的字跡：老大老二肝炎痊癒。我這才憶起大姑家當時的慘狀。姑父被停發工資加上全國性的食物短缺，嚴重的營養不良，使我的兩個正處發育期的表哥一塊得了肝炎，醫生當時對大姑說：「治療是一方面，主要是加強營養。」聽到這話，大姑那顆無辜的母親之心被強烈的自譴揉碎了。有天她與一群窮婦人結夥出去拾煤核——整個漫長的冬天，家裡取暖的燃料都靠她用手，用隻小鐵耙，用隻小筐一點點堆積累起來，而這天直到天黑她仍未回家。兩個還在病中的兒子沿著積雪成冰的大路小路去找，當找著她時，她正奔走在郊區通往城區的路上，手中托著一塊凍得鐵硬的豆腐。當時憑每月配給的定量票證，一家祇能吃到兩斤豆腐，所以她聽說鄉下能買到不要票證的豆腐，便奔了去，似乎這塊豆腐就能立刻改良兒子的健康與營養狀況。她用赤裸的手托了豆腐回來，冰天雪地，她的手與豆腐凍得難解難分……我多麼想把這段往事講給小姑，當小姑的兒女們輕鬆地談到她們印象中的大姑時。我總有種感覺：來自臺灣的中國人在看來自大陸的中國人時，有種不自覺的慶幸感，還有那無所不在的同情，這同情多半是憐憫少半為嫌棄。令他們似懂非懂的是生活之苦能夠磨去你正常的生存能力而滋生你畸型的生存能力。它能使曾經美麗、智慧、浪漫、充滿優越感的大姑在我表姐們的眼裡變成一個可憐、愚鈍，帶有荒誕意味的人物：她總是不聲不響地坐在餐桌前，無論給她多大量的食物她都不拒絕。表姐們曾惡作劇地試探著把食物不斷往她面前堆，她把它們全吃下去了。有時幾個小孩子也把自己嚐過一兩口，但不愛吃的東西推到她面前。有一次卻吃錯了，當她正要拿不知誰推到她面前的一塊糕餅時，表姐們阻止她說：「這個您不要吃，是我專門買給我小女兒的，她缺鈣。」大姑從此怕了，每吃必問：「是給我的嗎？」大姑剛到美國時宣稱絕不吃閒飯，但頭回打掃衛生，她用擦玻璃的清潔劑去擦紅木家具，弄得全家人都對她叫起來，那以後，即使小姑為家務忙得不可開交，她也不敢再插手這套充滿化學、電子的家務技術，大家忙，她便十分緊張地遊手好閒著。然而我卻什麼也未替大姑解釋：關於她留有烏黑凍傷的手，關於她的吝食如癖。為尊重大姑的尊嚴，我始終吃力地緘默著。

我又發現了一張大姑更年輕時的相片，那是一九五三年，大表哥剛剛出生。相片上的大姑豐滿得宛若別人。那時的大姑魅力十足，那樣懂得打扮，讓人怎麼也想不到三十幾年後她會對美麻木到那種程度：穿一套不男不女的廉價灰西裝就讓她大獲滿足。那時大姑美麗高傲的臉上，也未顯現半點不祥跡象：就在拍下這張相片的三個月之後，她就被做為臺港特嫌而限制了許多自由，包括工作的自由。

姑父當年留學美國是學石油化工專業，對那個號稱新中國的大陸，他們懷著一腔熱血撲了回來，並左一個申請右一個申請地到了那個荒僻地方，從一只碗一只瓢的日子過起。記得祖母在世時，大姑回上海總帶回幾大箱子髒被單讓保母洗，家裡的老保母是從她念小學時進門的，口口聲聲仍叫她大小姐，也對她尤其嬌慣，所以無怨言地繼續為這個已開始未老先衰的大小姐服務。當祖母怪她不該給老保母添生額外勞動時，她含淚看著自己的一雙手說：「我的手做粗活做壞了可不行，以後怎麼彈琴？」除她自己渾然，所有人都預感到她這輩子是不可能擁有琴了，根據每下愈況的經濟水準，她怎麼買得起琴？再根據日趨緊迫的政治氣壓，即使買得起琴，依她的身份，又怎彈得起琴？之後不久，大姑就被迫到一個採石場工作，被鋤頭砸裂了手指甲。那時小姑你在哪兒？在璀璨的水晶吊燈下，督促你的第一個女兒彈琴，鋼琴是你送她的五歲生日禮物。那時的小姑也有煩惱，其中包括她發現女兒像她一樣，對音樂毫無興趣，也毫無進取心。小姑曾希望自己的女兒像大姑，那麼飄逸脫俗，充滿藝術情趣。

我又翻出一張相片。在一張有金色花紋的紙板上，並排鑲有大姑小姑的兩張相片。那時祖母常與父親及我們在一起，她主要的思念便投向兩個身處遙遠的女兒；她倆不僅有一條海峽之隔，而且在中國版圖上，她倆置於兩極：一寒一暖的兩個盡頭。祖母卻把她倆緊緊並在一起，從而消除了她感情上的天涯海角。相片都是祖母題的字：「大囡三十週歲」、「小囡三十週歲」。這一比較，我吃驚了。同樣兩個三十歲的女性，勞碌、悒鬱、失望使大姑顯得那樣老氣橫秋，幾乎已是個小老太太：我不知道，這個比較可曾使祖母心碎？祖母是孤寂地死去的，當時父親被發配到農村作苦力，大姑在千里迢迢的東北，小姑，就更不用提了，那時她與祖母的通訊都已中斷。祖母死得非常突然，非常安靜，幾乎沒查出任何死因，就像大姑的死。也許她們都死於一生失意所致的鬱悶，死於不得闔家團圓的遺憾。無盡的思念像抽絲一樣一點點抽啊抽，最後抽空了她們。真的，我有時想，她們是想念孩子想死的。

有時我還想，我這輩子堅決不養孩子，也好免除上兩代女人的思念之苦、思念之死。這悲劇如今又落在我母親——我家長一輩中最年輕的女性身上。我與母親的離別又成了無期之盼，我們怎麼可能隨心所欲地團圓呢，既然我千辛萬苦地逃離了那遍地血色的北京?……

大姑的死，使我起興翻出這倒置的相片。末了，從最下面，我拈起一張發黃的、有霉跡的相片：兩個幾乎長得一模一樣的小女孩，留著一樣的秀髮、笑得一樣好。那就是我的大姑和小姑。

自盡而未盡者

二十一年前的一個早晨，萌娘自盡了，一口氣吞了一百粒安眠藥。得信時我和全家正站在大抄家的廢墟中：我飼養的蠶寶寶被紅衛兵揚棄了一地，之後又被踏成一小灘一小灘的水漬。

萌娘的自盡沒有驚著誰，包括九歲的我。自盡是我那單調童年唯一的奇妙景觀，某人被辱得吃不消了；被遊街批鬥折磨得累了；被強加在身上的無數罪名弄得自己也仇視起自己了；被眾叛親離的處境搞得自己與自己也鬧起不和了，這就決計把自己結束掉。有回一對老夫婦從樓頂墜落，手拉手，著地時把挺硬的泥地砸了兩個深坑。後來他們的屍首被抬走多天，還見彩色糖紙不斷地自樓頂紛揚飄下。由此我猜他們是鐵了心自盡，因為糖果在那時很珍貴，一下子吃掉那麼多糖，顯然不打算過餘下的日子了。

萌娘並沒有如願地成功地死掉，當紅衛兵破她門時她剛吞下最後一把藥粒。我趕到醫院，見陰溼骯髒的公共走廊裡躺著的一具灰白人型，那便是我和許多人崇拜的萌娘。

萌娘被懂她的人崇拜著，像我父親；萌娘也被不懂她的人崇拜著，像我。那時的我不懂她文章的妙處，現在的我太懂生活之不妙而對她文章的美妙感到不可理喻。七歲的我頭一回被父親引去見萌娘時，就一下癡住了。萌娘有大大的額，圓潤的面頰和腦後一個過時的髮髻，這些並不足以拼湊出一個美的概念來，而我認定那就是美。七歲的我還不懂氣質神韻之類，但我感到在萌娘的美面前我的深深的自卑；一切可言喻的美都將深深自卑。

二十一年，足以使人們忘卻萌娘的自盡，恐怕在她自己記憶中都沒剩下什麼。如今淡淡地活著的萌娘已有了可觀的壽數：七十五了，若容我放肆地猜一回。她眼睛幾乎瞎了，等我咋唬著，熱鬧著走得與她額碰額，她仍是一再失敗地認出我。我是誰，我是那個在你自盡而未盡時，歸陰還陽無結論時守護了她若干晝夜的女孩。她全然不知我，正如她對自己赤條條經人擺弄了良久，全然不知。那時她躺在醫院的走廊裡，被各種輸進導出的液體維繫著生命，人們興致勃勃地叫嚷著去看一位被剝淨人生權力，順利被剝淨衣服的女作家。

後來她活轉來。隨之我的某件失雅行為使她感到難以寬恕。再後來就是二十年的分離。

萌娘指著這裡那裡請我坐。屋的四壁蒼白著，那冷清甚於她臉上的冷清。她丈夫的畫像掛在正中，框了黑框。我遲疑著是否致個哀，或打問一句朱先生何時去的。朱先生生前是位名畫家，卻不像一般畫家那樣吊兒郎當、風流倜儻，他很嚴謹，一個板眼都不錯。與他相處是有敬有畏，還有些活受罪，所以我一向躲著他。我等萌娘自己向我提起朱先生的過世，她卻遲遲不提。她與朱先生不很相愛，因為他們都太愛自己，太傾心自己的生涯。萌娘在自盡時連個字都沒留給朱先生。但他們過得很美妙，比如膠似漆的男女們過得美妙多了。萌娘在被搶救的三個星期中，朱先生沒露過面，儘管他當時也被人牲口一樣攆著喝著，渾身繫絆，但不至於連到病床前問個凶吉的自由都討不出來。開頭我恨他不露面，漸漸我害怕他露面。萌娘那時的樣子難看極了，不歇的抽搐使她身子曲曲扭扭；人似乎瘋了，一動，便像隻掙扎起飛卻不再可能起飛的殘破風箏。就在那時，我有些悟出萌娘與朱先生那若即若離的愛情生活的哲學。萌娘從二十一天的彌留狀態甦醒時，先定睛瞅一會床前那靈旛一樣的標語，上面宣佈她的畏罪自殺是叛黨叛國云云。然後她便轉臉瞅我。

「萌娘……」九歲的我僵笑一下。後來才弄清，她的視力被藥物毀了。

「誰來過？」她問我。

我說誰也沒來過。其實誰都來過，除了朱先生。誰來都被我的尖叫止住了步。待我將萌娘赤裸的身體以那髒得發黏的被單遮蓋得嚴絲合縫，才容他們走近。想想吧，我怎麼能讓一個奇蹟般的生命；一個以她的著作給人智慧、詩意，審美享受的精靈，突然變成被和盤托出的一具肉體？況且是一具被扭曲得沒了原形的肉體?!……她的書是那樣深奧，無人能探到那底蘊，而這肉體卻如此一目了然，似乎讓那些曾在遙遠的地方崇拜她的人們一眼識破了所有的謎。

「哦……」萌娘舒了口氣。誰都沒來過，尤其朱先生不來，令她大大舒出這口氣。假如我實話實說：她躺的這條走廊每天川流不息著三教九流；醫生護士在她身上做各類治療時就當她是具標本而毫不顧及她的尊嚴、廉恥地將她暴露給好奇的猥褻的無數眼睛，她絕對會再次朝自己下手，而且會乾淨徹底地下手。我瞞住了一切：當我向醫生護士，向醫院的軍管會懇求將萌娘的床挪進病房時，他們告訴我她無資格住進病房的。她本是死有餘辜的，還在意什麼羞辱。若萌娘知道實情，她會再幹一次，幹得會徹底些，不像這回留如此難堪的殘局讓這世界來收拾。我不願講二十一天裡我怎樣寡不敵眾地與多少人搏鬥過。一批又一批的「紅衛兵小將」、「革命群眾」衝著無知覺的她又喊口號又揮著拳頭時，我祇是緊緊按住遮蓋萌娘的那條被單。那一刻，九歲的我對人這東西看了個透。一個醜惡的傳說在城裡不脛而走：某醫院的走廊裡躺著光身子的女作家萌娘，隨之，越來越多的人奔來了。每人祇要往臂上套個紅臂章，或在這裡貼張標語，喊喊口號揮揮拳頭，他就有藉口在此地逗留，直等到那條被單被貌似正當的理由揭去。我感到九歲的自己渺小極了，被人們那樣省力地就拎到了一邊。我不知多少次對他們喊出：「求求你們！……」，誰都沒有閒暇顧及我的哀求：那些如刀的目光早把毫無防衛的萌娘從頭到腳細細剐了一遍、斬了一遍。

那時我怨你，萌娘。你不該等聽到紅衛兵砸門、知道自己劫數已定才開始擰開藥瓶。那已太晚了。你抱著一絲希望：自殺可以威懾住他們、從而躲過一場使你身心崩潰的批鬥。你沒有誠意去死，祇是想躲，祇是想以自殺來做個緩衝。當紅衛兵發覺你手裡緊攥的藥瓶時，他們便立刻剝去你的衣裳。他們在你身上做的「人工呼吸」正是你和父親常掛在嘴上的，所謂的「斯文掃地」。但那時我不懂我的怨，只覺一股極窩囊的情緒，自萌娘起死復生的一刻滋長了出來。那尊嚴和廉恥的喪失便是我理想的喪失；他們用眼睛糟蹋萌娘身體的同時便是擄走了我心靈的貞潔。

一年後萌娘從鄉下回來，瘦而黑，似乎落去了一半頭髮，大額變得格外顯著。她進出仍被人押解著，據說是怕她在悔過自新前再自盡。那時作家協會門口矗立起一座水泥鋼筋的毛主席語錄牌，我和一群同齡的孩子常攀上去，順口編些歌謠一唱就是一天。那類歌謠沒一句不髒不野。我們這些「黑七類」的子女沒了完整的家，沒了上學的機會，沒了社會的承認與尊重，祇剩下一點聰明來嘲罵荒唐的、不公道的世界。我們鎮日嘲罵軍管會、工宣隊（一支由工人組織的、專門治理知識分子的隊伍。此類人物侵占我們的住宅長達三年之久。）以及紅衛兵。儘管沒人聽懂我們的指天罵地，但我們衝天的委屈畢竟得到了發洩。

萌娘走過來時，我不再吱聲。我注視著她膽怯而遲疑地向前邁進的雙腿，以及本能地伸向前方的雙手。由此我判斷她的視力已糟透，一行動手先摸索起來。淚燒灼著我的鼻腔和眼眶。所有孩子們都隨我靜下來，因為那些歌謠主要是我編撰的。

「狗娘養個草狗子……」我突然銳聲叫道。押解萌娘的軍代表猛回首，祇見我與所有孩子一樣緘默。待他剛轉身，我又迸出兩句更不堪入耳的話。如今我否認滿口野話的我與現在的我是同一個人。沒一個孩子響應我，一則他們難以接受這話的粗野和刻毒程度，再則他們並不恨這位軍代表，他的一貫正派謙和甚至贏得我父親等人的信賴，儘管家長們對孩子們私下裡稱軍代表「草狗子」裝聾作啞。

「誰喊的？」軍代表朝語錄牌走來，以他冷峻威嚴的目光掃視我們全體。沒人吱聲。我堅信我的夥伴們不會叛賣我。當他連問幾句「誰喊的」而無結論時，萌娘突然開了口。

「小穗，你已經完全變成了個野孩子」，她依舊斯文典雅、慢條斯理，似乎從未經歷數不清的遊街、批鬥和自盡。「講出這種粗野話，別說你父母，我也為你羞死了。我為你無地自容。」

軍代表不做更深的計較，繼續押解萌娘往那禁閉室去了。我卻不住口地喊，更粗更野地喊，不知何故我已淚流滿面。我看見了萌娘為我的粗鄙而痛苦的表情：那表情全在她那不時戰慄的背脊上。

她之所以偏愛我，是因為我曾是個愛讀書，擅長背誦古詩、詞、曲，見了長輩就鞠躬的女孩。

怎樣才能向萌娘講清我自己，難道我能如實告訴她，某個夜晚，當我從睡夢中驚覺，那位貌似正派的軍代表正矗在萌娘床前，而覆蓋她的被單被撩到了一邊？……我哪裡是變了，我是被毀了——在萌娘的奧秘、尊嚴、貞操被毀的同時我也被毀得不剩什麼了。想想看這有多麼殘酷；讓個九歲的女孩頃刻間認清了太多的人之無恥和醜惡……

我的謾罵最後變成了嚎啕。至今我還憶得出我那敗盡書香門風的大哭。我讓萌娘無地自容，而在此之前，由她那不徹底的自殺引起的惡劣故事，以及故事所展示的人之惡處劣處早讓我無地自容了。

我突然起身告辭。萌娘手裡的盃蓋頓時落在盃子上，「叮」的一聲，冷清的客廳回音四起。「就走嗎？……」我想我這一走下一位客人不知多少日子後才會來。現在沒人知道萌娘了。若逼著誰回憶，大概唯一能被憶起的就是她的自盡。

「我會常來看您的，我的學校離這裡很近。」我說，心裡納悶著既是近也是兩年中頭回來看她。

「學校住得擠，就住到這裡來吧。這裡多靜多寬敞！我有個保姆每天專門來給我做三頓飯。我叫她燒些菜給你吃吃……」這話她在兩鐘頭內已向我講了不知幾回了。在我佝腰繫鞋帶時，聽她說：「朱先生去了，去年。我有沒有告訴你？……」她存心講得很無意。我一雙鞋帶繫了許久，我怕看見她的淚。

「……那我就叫保姆把房間收拾出來，你哪天來都行。我看，你最遲下禮拜一定搬來。」

我滿口答應著，心裡知道我肯定不會來了。

也獻一枚花環

——憶梅新先生

十月三十一日，我應馬來西亞的《星洲日報》邀請，到吉隆坡擔任「花踪文學獎」的評審。飛機上坐了十多小時，又在臺北機場轉機，到了吉隆坡粗粗一算，整個行程已二十四、五個小時之久。然後便直接進入決審會場：評說、投票、爭論、表決。都完成了，已是晚上九點，滿頭仍轟鳴著飛機的嗡嚐聲，晝與夜在我主觀感覺中，是翻了好幾個觔斗的。總算坐在了飯桌上，那是三十多小時來的第一頓真正的晚餐。喝了幾口透心芳香的鮮椰子汁，始終懸在空中的饑餓感和倦意才開始在我身心著陸。同桌的人都倦倦的，唯有《星洲日報》的主編蕭依釗，還是緊緊地上著發條，周到細微地照應著每一個人。這時，鄰座的張錯忽然提到梅新。我是知道梅新先生正在生病，住進了醫院，我一直做著到了臺北馬上去探望他的打算，然而張錯卻告訴我：「梅新已過世了。」我盯了他半晌，他祇得把這消息又說了一遍。這一遍是添了確切時間、地點的。

我念叨著「怎麼可能?」之類的話，心裡卻很明白，正是像梅新先生那樣生命力飽滿的人，會在某一天倉促長辭。八月份，我的母親也是這樣匆匆走的。這樣的生命如燈炬，要麼就通明的亮，要麼就徹底熄去。

我就那麼坐在餐桌邊，偶爾以筷子遞一、兩口食物到嘴裡，卻嚼不出葷素。八年前，我和梅新先生是以書信結識的。那時我在「中副」上發表了〈栗色頭髮〉、〈我不是精靈〉等短篇小說，他總是每每來信鼓勵，雖是短語三、五行，熱情與真誠卻飽和其中。那是我剛到美國最艱難的日子，每天上學、打工，芝加哥大而冷漠，常在撲面的飛雪裡橫跨十個街口，從打工的餐館奔到學校，時而感覺做烈士的豪壯。而烈士都是有虔誠信仰的，我卻正處於所有信仰都被粉碎的時期；婚姻的、愛情的、政治的，一切。無信仰而做烈士，剩的就祇有純粹的孤苦。每回祇是在收到梅新先生的信時，心裡才感到世界不全然是荒涼。梅新先生每回都親筆寫信給我，通知我哪篇小說被採用。他的語言是詩人式的，有股很大的歡樂在裡面。他對我作品的讚揚，也是毫無保留的。

在九〇年深秋的一個清晨，我的室友被電話鈴驚醒，說有臺灣長途來，找我的。我已在電腦前寫英文作業，膝上蓋著毛毯。我將電話湊近耳朵，遲疑地「哈囉」一聲。裡面是個陌生嗓音，卻是不陌生的江浙言語。說了幾句話，他才介紹自己道：「我是《中央日報》的梅新！」我急忙「哦、哦」的應答。梅新先生口氣殷切亦急切，說：「我們設立了一項文學獎，你來參加好不好？我覺得你很有希望！……」我不記得自己說了些什麼，但對此一番熱情昂揚的激勵，我是唯恐辜負的。那個時期，我自視為一名失敗者，於婚姻，於寫作，於戀愛，都是最不得要領的時候。人在這樣的時期，是把自己很看低的。我於是覺得，文學獎是距我遙遠的東西。梅新先生在電話中又高一個調門，對我說：「這個獎你一定要爭取，啊？」

現在想想，要是沒有梅新先生那麼猛力一推，我或許不會就此振奮。

從九一年的暑假開始，我每天寫作五、六個小時。打工一整天，回到家整個人的神志和思維都是極度渙散的。即便煮杯深黑的咖啡，也難將自己強捺到寫字臺上。當時我住在芝加哥近郊，夏天夜晚的街上，不時有喝了啤酒大聲笑鬧的學生們從我窗下走過。芝加哥的夏天是很徹底、很絕對的夏天，連乞丐也有份的。而我還照常打工、寫作。每天寫到夜裡一點，濃咖啡似乎正在勁頭上，但我又必須擱筆去睡，第二天一早要去打工。就是那段時間，我似乎每星期寫出一個短篇小說，直到寫出《少女小漁》。

《少女小漁》得獎的消息也是梅新先生寫信告訴我的。此後我和梅新先生每月總有一次書信往來，漸漸也談成了熟朋友。我從他送我的詩集中隱約讀到他的身世。我當時已搬到加州，住在舊金山遠郊的一個小公寓裡。那是極隔絕的一種居住形式，近鄰們都巧妙地維護自己的孤寂而絕不打破別人的孤寂。我就從那時候起跟梅新先生談起自己對第二次婚姻的憂慮。不久收到回信。梅新先生在信中是一如即往的樂觀、熱忱，叫我不要永遠養舊傷，「要聽從新的愛情的召喚」。

一九九二年，我的〈女房東〉獲首獎之後，梅新先生邀請我去臺灣。那時大陸作家去臺灣的還很少，我們都沒料到入境手續竟會那樣繁複。中間一度，我氣餒了，梅新先生卻一再、再三地努力，終於在九三年八月，我見到了在機場迎接我的梅新先生。

從此，我印象裡就是這樣一個梅新先生：身板挺得筆直，愛大笑，動作迅捷而思路更迅捷，精神狀態非常非常年輕的一位長者。時隔四年，我第二次來臺北參加「百年來中國文學研討會」時，梅新先生的健朗如故，祇是髮添一層霜雪，人添一層疲憊。在這個國際性的大型研討會籌備期間，他顯然在健康上蝕了一些老本。

我總有感覺，人如梅新，即使肉體的健康受損，他過人的強健精神也會支撐他，永久地支撐他。因此當我在吉隆坡聽見噩耗時，我無法接受現實。悲傷、遺憾、痛惜都談不上，祇是想，命運要怎樣擺佈就祇能由它擺佈。得到這個噩耗，又何嘗不是命運的擺佈呢？從我第一回參加文學獎，到現在我第一次擔任評審，這其中有梅新先生完整的一季辛勞，這難道不亦是一種宿命？

記得去年離臺前，梅新先生為我主持了「中副下午茶」。大病初癒的他削瘦了許多，面色也很暗，全部的精氣神和生命力，似乎都集聚到眼睛裡了。會散時，我為大家簽名，他靜默地等在一邊，一時間，蒼老出現在他身上。我對他說：「梅新先生，你臉色不大好，要多多休息啦！」他哈哈一笑，把我的鄭重其事給打趣了。

從吉隆坡到臺北，我才打聽到，梅新先生的葬禮在我到達的前一天已舉行過了。同黛嫚等幾個「中副」的朋友一同晚餐，談了一個晚上梅新先生。點的菜也多是梅新先生愛吃的。

這是我第三次到臺北，梅新先生已是追憶中的人了。

一懷愁緒，兩處悲情

——十年來海峽兩岸電影發展之漫談

一、禁區的突破

西元一九八〇年代中葉，中國大陸和臺灣的電影製作幾乎同時引起世界的關注。正如西方評論家所說：「一九八三年，侯孝賢以"Boys of Feng Kuei"將臺灣電影座標於世界的電影版圖之上。」八四年，陳凱歌以「黃土地」「使西方電影界初次感到中國的歷史和文明通過電影而產生的文化輻射。」

然而，直到八〇年代後期，張藝謀的「紅高粱」和侯孝賢的「悲情城市」的相繼問世，才使海峽兩岸的電影在世界上確立地位。電影學者們從此認識了一種全新的電影語言，以及這語言企圖表達的全新的文化境界、全異的意識形態。也是在這個時期，中國大陸的「第五代導演」像世界上任何藝術和學術流派一樣，形成了自己的戰壕。之所以在此要用「戰壕」二字，是因為他們在思想和藝術風格上對於中國大陸自一九四九年以來的電影正統的挑戰和叛逆。挑戰的內容之一，便是「非英雄」亦或「反英雄」式的人物，成為他們作品的主人公。「非英雄」或「反英雄」的誕生，實際上是對「人性」這一禁區的突破。長久以來，人性這個文學、藝術、科學的重大探索對象，在中國大陸是被視為禁區的。自一九四二年毛澤東「在延安文藝座談會上的講話」發表之後，任何涉及人性探索的文藝作品，都被視為反動。

於此同時，侯孝賢的「悲情城市」突破的是另一個禁忌——政治禁忌。「悲情城市」對於西方來說，是個遙遠而陌生的城市，有關它在一九四七年二月二十八日發生的那場悲劇，他們也並不熟悉，而人們卻懂得了它那深沉、獨特的電影語言。導演那畫框般靜止的電影鏡頭所造成的奇特審美氛圍——那靜止帶來的低調卻更為深層次的悲傷感情，使不了解這段歷史的觀眾受到感染而認同它為人類共承的悲情。劇中主人公並非是直接參與事件的人，他們祇是事件的邊緣人物和同情者，是「非英雄」，他們的悲情是普通百姓式的，這或許是此劇能引起人類情感共鳴的原因之一。

「悲情城市」的誕生當然是和臺灣的政治民主趨向緊相關聯的。從此意義上看，侯孝賢要比他的大陸同行們幸運得多。第五代導演們並沒有任何一人發起類似侯孝賢的「政治衝鋒」。並不是他們缺乏勇氣和思考，而是大陸的經濟和政治體制使他們的藝術活動範圍祇能在被允許的政治範圍之內。於是便產生了「菊豆」這樣政治面目模糊的一系列影片。模糊的不止是政治面目，這類故事大多發生在遙遠地區和年代，也是含混模糊到了祇有象徵意義的「二〇年代北方農村」。正因為它的含混不清的規定情景，人們可以把它理解成任何一個地點、時間。如同莎士比亞(Shakespeare)的戲劇，地理和時代的抽象，使任何當代人都能在它們中找到當代的含意；它們對於當代的精神和心理生活，永遠不會離題。而貫穿幾個世紀的前提便是人性。人的生態環境在變化——每個當代人每天所接受的各種形式的信息是莎士比亞時代人的一千倍左右，(此數據來自*New Yorker*雜誌的一篇題為“When was the last time we had fun?”）而人性中的所有要素卻基本不變。這就使人有理由來猜測故事之下，更深處的寓言。加之張藝謀和其他所有第五代導演一樣，思考成癖，表白與質疑的急切和激情也極端充沛，電影以它鋪張的色彩和極其當代的電影語言，將「菊豆」創造成了一個淩架於時空之上的作品。「二〇年代北方農村」的菊豆以及周圍人物充滿了當代的生命。「菊豆」不僅是中國人認識並認同的，也是西方人認識並認同的，其關鍵，是它具有莎士比亞式的對於人性的感嘆。那小染坊中的赤橙黃綠青藍紫象徵人性從惡至善的光譜。那終年穿一身黑色的男孩天白，是人性的一個劫數，他的所有功用就在於不斷警示沉耽於人性弱點——欲望的菊豆和天青。他的詛咒式的存在不僅對那個年代所有的菊豆和天青是懲罰，而且對當今所有的菊豆與天青，他依然有著懲戒的法力。「菊豆」充滿了象徵，但沒人能夠明白地指出，它究竟暗喻什麼。儘管這樣，當局已感到十分不適。以唯物主義為信條卻又禁欲的中國大陸，人是應當把自我意識和自我認識降到零點的。自我意識是與專制相對立的，因此人性的存在最好不要被意識到；任何刺激人自我省思的意識形態產品，如電影、戲劇、文學，都應加以封鎖。這或許是表面與現實毫無關聯的「菊豆」遭封殺的最重要原因。

在國際政治的勢力爭奪中，許多專制國家的藝術家以他們的不幸獲取了大幸。這幾乎已成定律：祇要在中國大陸被禁的電影，一定會在國際市場贏得擁戴；反之，在國外成功的導演，無論他在國內怎樣被貶抑，大陸觀眾都會想方設法地去尋找他的作品。「被禁」二字成了一部電影的市場優勢或說魅力所在，它對國外和國內的觀眾，都是最理想的廣告。

相比之下，臺灣導演們不具備這樣的不幸和幸運。

侯孝賢的三部曲雖然觸碰了政治的敏感點，他並沒有在自己的鄉土上受到政治壓迫。

侯孝賢三部曲（「悲情城市」「戲夢人生」「好男好女」）雖然干涉了政治和歷史，但他那不加渲染、欲說還休的態度使觀眾在接受一個悲慘故事、一段令人痛心的歷史的同時，還體味到一種不無美好的懷舊情緒。已成為他風格的長鏡頭和靜止畫面，使他最得體地表現了他內心的沉重。「悲情城市」中的男主人公之一是個啞吧，他使人意識到那種靜默中的痛苦記憶——極至的痛苦祇能令人啞然。以靜止和啞然為陳述故事的基調，「悲情城市」的每一個鏡頭都悄然地卻穩定地留在人的記憶中。

三部曲的最後一部，導演圖變的意向已經頗明顯。他不僅僅告訴你過去，並以過去做參照和你一道來理解當代。長而靜止的鏡頭依舊，但在當代的那條故事線上，靜止使一切躁動、無序，一切沒頭沒腦的浮躁、歇斯底里加倍地呈現出來。而在以往那條故事線裡，同樣是長鏡頭和靜止畫面，卻把人帶到四〇年代的生活氣氛中，那時人的樸實、充實，堅定於自己的理想。後者在大事中（戰爭）的從容，而前者卻是在瑣事中瘋狂，在和平的日常生活中掙扎、相互撕扭、你死我活。導演將兩條故事線編織在一起，讓人意識到那些為了未來而獻出生命的先驅們，他們的未來竟是如此——盲目的年輕生命，盲目地消耗自己和他人。與鍾浩東、蔣碧玉相對襯的，是阿威、阿靜：前者為了理想放棄了自己的孩子、財富，以至生命，而後者缺乏理想而以自我為中心；前者的自我犧牲烘托出後者的自我摧毀；信仰陪襯著精神的迷失。奇怪的是，那段戰爭時期的故事使人感到平和，而和平時期的故事令人感到危機，感到處處險情。在這裡導演讓觀眾看到，當代人的精神危機遠大於鍾浩東、蔣碧玉的人身危機。

侯孝賢將兩段完全不同的故事都敘述得極其美麗，尤其是那段舊事所用的黑白膠片，一種褪了色的真實，越發引出人的懷舊情感，引起人的鄉愁。這懷舊和鄉愁並不具體，卻是全人類一脈相承的。三部曲所引發的人心底的悸動非常微妙，難以言喻，彷彿驗證了西方人審美的一句樸素語言：「美麗和真實都是憂傷的。」

與「戲夢人生」前後問世的，是田壯壯的「藍風箏」，再接下去是張藝謀的「活著」。這兩部作品是第一次以編年史的手法來記述中國大陸從一九四九年後的普通中國人的命運。是個人的史詩，同時也是社會主義中國的史詩。

「藍風箏」是通過一個男孩的眼睛，看到母親和其他親人的遭遇來折射中國在共產主義信仰中的一系列政治運動。影片中的母親是一個普通得不能再普通的女性。她隨大流，沒有太多的個人見解，安份守己，安貧樂道，幾乎沒有任何理由使她受到歷場政治運動的殃及。而她卻像中國絕大多數人一樣，雖然沒有直接受迫害，卻最終也成了犧牲品。

「活著」中的人物比之「藍風箏」更為樂天知命，他們對降臨到自己頭上的不公平命運，不僅接受，而且是樂呵呵地接受，祇要這不公平尚未置他們於死地。他們不是那種對任何事要問個「為什麼?」的知識分子，他們從來不懷疑國家領導人，祇要這些領導人還讓他們「活著」。「活著」就夠了，就如願以償，就知足了。故事中的男女主人公始終有一種「活著」的興致，臉上常常是帶著知足者常樂的笑意。他們的懵懂、善良、厚道代表的是中國更多數的人，更低階層的大眾。他們就像腳下的泥土，誰來踐踏，承受的總是他們；誰在這片土地上打仗，不管誰對誰錯，倒楣的總是他們。中國大陸自一九四九年後經歷了無數劫難，一些是領導人的異想天開和心血來潮，而吞食這些劫難後果的，也祇能是他們。他們是善於感恩戴德的，祇要允許他們活著。

然而如此寬容的人民，仍是得罪當權者的。張藝謀首次因為政治犯規而受罰。其實《活著》的小說發表出版都沒受到任何阻礙，而作為電影「活著」，一切都變得觸目驚心了。假如說小說閱讀這種審美活動最主要是思維活動，而電影卻是全部感官一同運動因而強烈多倍的一種審美活動。小說的審美，需要審美客體（讀者）主動地接受和吸收文字中的意義亦或信息；而電影的審美，審美客體（觀眾）祇需被動地坐在那兒，一切化為形象的信息便劈頭蓋臉而來。電影來得更直接全面，並且因為讀小說的人數絕對不能與看電影的大眾相比，因此余華的小說作為原作是允許「活著」的，而張藝謀的電影作為小說的派生產品便不允許「活著」。實際上電影在改編過程中，已作了善意的處理，如富貴的妻子家珍之死，在電影中免去了。另外，小說結尾在成了孤老人的富貴和一條老牛相依為命地活著，而電影卻結束在一個雖然殘缺卻仍是三世同堂的天倫之樂的午飯場面上。從整個基調上來看，電影起碼比小說高兩個調。小說中富貴的自述一再提到「我哇哇的哭啊哭啊」，電影中的富貴祇在兒子死時哭喊了幾聲。之所以前面提到張藝謀的「善意」，是筆者感到導演的用心並不在訴苦，而在詮釋中國人的人生哲學。

「活著」作為一個作品的名字從語法上來說是有些彆扭的。「活著」是進行時態，是個過程。不像「死於威尼斯」或「紅高粱」或「荒人手記」，那樣完整。然而中國人的生命始末，僅僅祇求「活著」這個過程。知道自己還活著，感覺自己正活著，比什麼都重要，比什麼都令他們驚喜。這使人難免想到，我們民族的心理和生理的承受力之大！中國人是世界上受磨難最多的民族之一，若沒有這股頑韌，沒有這種能活著且活著的忍耐力，沒有如「活著」中的男女主人公那樣隨遇而安的處世態度，也不會有今天的興旺人丁。「活著」中的富貴和家珍，和中國絕大多數的平民百姓一樣，他們對發生在他們頭上的任何天災人禍，所有的好事壞事，都是全盤接受。無論多麼難捱的日子，他們都兢兢業業的去過。這樣的沉默無怨，這樣的寬厚堅韌，是張藝謀想要告訴我們的。如富貴和家珍這樣的貧賤夫妻，他們如此的本份，如此的不惹事生非，卻也被國家和政治的潮漲潮落弄得命運跌宕，蹉跎不堪；而儘管命運的乖戾，他們仍能從活著的夾縫裡得到活著的樂趣。祇要活著，他們就有活著的興致。可惜的是，張藝謀的善意，他對自己民族性格中的探索與發現，以及他所找到的令他欣慰的答案，都沒被賞識。審查者自有原則，那就是：不准數落過去的歷次政治運動，不管你是笑著數落，還是哭著數落。

張藝謀和田壯壯的這兩次政治突圍顯然不如侯孝賢那樣得人心。禁區仍是禁區，起碼在中國海關之內。

要談這十年的電影發展，不可能不提到李安的「囍宴」、「飲食男女」。假如說前者是他在西方銀幕的首次正式亮相，那麼後者似乎是他在中國銀幕的非正式告別了——因為從“Sense and Sensibility”開始（即「飲食男女」之後），美國亦或整個西方就不再把他看成臺灣導演了，至少從人事角度，李安已被「調任」到美國的電影制作業了。

李安最擅長的是在喜劇裡藏悲劇。所有人物之間都存在著或潛在著衝突，所有的衝突都不可調和，他卻能竭盡風趣、竭盡幽默來使人物們可愛。他手下的人物確實是個個可愛，雖有著人所有的弱點，人天性中的可惡之處，但他們都輕易地得到了諒解。我們諒解李安創造的人物是這樣的情願，因為我們其實在諒解我們自己。李安塑造的人物如此可親近，是因為我們的認同感很快把他們的矛盾、煩惱、陋習看成是自己的。到終了，悲劇偷換了喜劇，這悲劇雖不是莎士比亞式的壯闊而致命的，卻是無可避免的，是天天在日常生活中發生著而令我們無奈的。正是因了這些不可避免的悲劇，我們才成為人，才有人情味，才有七情六欲。

令人驚訝的是李安能恰到好處地表現人性中的可笑之處，又是以一種體貼的態度，似乎是自家人的缺陷，在包容的同時不妨打趣一番。但打趣是絕無苛求的，他創造的人物們很少有不近情理，都有著健全的心理。「囍宴」中的一對同性戀人，也是善解人意，並無人們偏見中的某種怪癖和病態。他們之間的情感與和諧是通過他們之間默契的一系列瑣屑行為，如他為他做飯，後者插手幫忙，兩人配合得天衣無縫。兩人時而有瞬間的目光交流，其中充滿心領神會。到最後，他們的同性戀關係暴露了，連一對完全不能接受同性戀概念的老夫婦，也開始為這種相悖於自古至今的傳統道德、倫理觀念，相悖於常人天性的結合所感動，包括那個被迫扮演新娘，偶然懷孕的女子，也開始以新的眼光來看待這對同性戀人。或許這對同性戀人周圍的人物並沒有完全接受同性戀這個新概念，但他們——有意識或下意識——開始對傳統的男婚女嫁這唯一的情感與肉體的組合生發懷疑。導演通過男主人公的嘴，說出他的見解——當老父親病重住院時，男主人公對老母親的自白中說，許多男人和女人的婚姻並不幸福，充滿爭吵、誤解，那樣的婚姻也未必能夠天長地久。影片結尾時，這對同性戀人不但引起他們親人的同情，並喚起他們對這種看去荒唐的情感的尊重。李安的善解人意，他的開明和寬闊襟懷，加之他那些貼切的電影語言和他明朗健康的敘述故事的基調，使觀眾走出劇場時也懷有難以言說的感覺——似乎同性戀不再是異族(Alien)，他們的感情也可以是鄭重誠摯的，他們也可以贏得我們的同情和尊重。

筆者不禁由此想到另一部描寫同性戀的傑作「蜘蛛女之吻」，兩個被關在同一囚牢的男性，一個卑瑣卻充滿人道意識，充滿人情味，另一個崇高而缺乏對人性人情的懂得，前者的現實與後者的理想主義最終溶合在一起。那是我第一次意識到男性與男性之間的愛情竟也可以如此尊嚴。他們最後為他們的信仰犧牲了。那死亡的震撼力並不亞於「羅蜜歐與茱麗葉」。

似乎扯遠了，舉出這個例證無非想證實，一個作品的題材並無高低貴賤之分，創作者的觀察和敘述角度界定作品的文野雅俗。

李安是個最善於用鏡頭講故事的人。他的故事講得那麼流暢，引人入勝，完全沒有教誨人的意思，沒有故弄玄虛和高深莫測。所有人都能分享他的樂趣，分擔他的悲哀，不論樂和哀都充滿人間煙火味。正因為他著重於體察和表現人情人性，他才能把十八世紀的"Sense and Sensibility"拍得如此出色。西方的一位評論家說這部影片"Flawless"。奧斯卡給予此片的多項大獎也說明李安突破種族文化之間的限制。這突破是因為他對人間感情的通達。無論什麼民族，文化差異再大，在人的感情最深處，都是相通的。李安既認識文化間的衝突（「推手」和「囍宴」基本以此為主題），他卻又能對各種族文化之深處，人的心理、情感、情緒的基本構造有深刻的了解。文化使各色人種表達感情的方式不同，但不等於人類感情的基本要素有巨大差異。正是這種對人——而不是某一族人——的豐富知識，以及他天生的善解人意，他創作的每個人物都充滿生命，都不符號化或象徵化。他的電影從來不會沉悶。

在「飲食男女」中，李安是灌輸了一些理念的。比如廚師朱老爸雖然是名流廚師，卻不知何故他的味覺逐漸喪失了。美國心理學界對抑鬱症的診斷之一，就是看你對吃是否有興趣；胃口不佳很可能是心理抑鬱的症狀之一。影片結束處，朱爸的味覺恢復了。在此之前的一個場面，是他告別年輕的妻子錦榮，錦榮懷著身孕（顯然是朱爸與錦榮的愛之果）含情脈脈地看著丈夫（顯然他們從忘年交成了忘年情）並親吻他，說：「我愛你。」這一場戲導致了結尾的那場——朱爸在嚐了家倩的湯時，突然意識到自己的舌頭能嚐出酸甜苦辣了。他滿臉的不可思議卻又不無驚喜——味覺死而復甦了！似乎是一種內在生命的復活，而這復活是男女之情帶來的。飲食的目的不是吃，飲食是一種導致其他所有欲望的第一因素。反之，其他一切欲望被壓制，被忽略，或者乾脆被否認，食欲便隨之退化，為吃而吃，或把吃做為一種類似宗教的儀式，再豐盛的飯食也引不起人的食欲的。為食而食，就是負擔，就是痛苦。這在朱家的第一桌家宴上已表現出來了：三個女兒看著一大桌豐盛菜餚如同看著一盤一碟的藥。朱爸也在與溫師傅談心時表示過，「等菜都上了桌，就一點胃口也沒有了。」這裡無非在講一個辯證關係；飲食滋養著人的感情和生理的需要，而人的感情和生理（所謂男女之情、七情六欲）得到滿足之後，才能享受飲食。飲食與男女間的關係是不可分割的，是互為互動的，中國古話中說：民以食為天，這才會有朱家禮儀膜拜般的飲食。另一句中國話說：溫飽思淫欲。有的吃了，接下來必得有飲食的消耗之處——飲食化成的人的心理、感情、欲望的能量是一定要被消耗出去的，否則再回到吃上，便是越吃越累，越是食不知其味。

這是中國文化中早覺悟到的樸素哲學，李安以他心平氣和的態度，以他流暢風趣的電影語言，以他絕不說教的平常心態，把一個飽滿而充滿情趣的故事展現給觀眾。還有一點，是李安作品的最可貴之處，就是他從來不輕蔑對待電影的娛樂性，他一定希望各階層——文化高與文化低、各民族的觀眾都能懂得他的影片；他的影片應給他們帶來思考和審美欣賞的同時，也能娛樂他們。從這點上來，李安的人情味、善解人意、平易近人都是出自他的人道意識。

當然，講到李安，筆者還有更多的有關他藝術追求和電影手法方面的見解，由於篇幅限制，祇得簡略。他的影片從色彩到佈光到剪接，無一不精準貼切。導演似乎是個內心節奏很強的人，這種節奏感不僅對於電影創作，即便是文學與戲劇，甚至繪畫，都起著不可忽視的作用。人類心理的節拍對人的精神健全起著很大作用。音樂、歌唱、舞蹈不能沒有節拍，電影也相仿，導演的節拍若和觀眾不合，觀眾會覺得在舞場上那樣，每一舞步都踏空，漸漸便失去配合的興趣。李安有如此之好的節奏感，第一是才華所至，另外，他對他人的觀察，對他人內心的探索，對各色人等生命和生活的特有節奏感，恐怕是用心去體驗的。

李安最近拍攝的"Snow Storm"，是他完全不熟悉的美國七〇年代的生活。據報導反映，他仍是那個嫻熟和從容的李安。無論怎樣陌生的故事，但人總是人，對於人的了解透徹了，他自然不會有文化上的困境或窘境。我們寫小說的人常說所謂的"Universal Sense"。多麼本土的故事，多麼獨特文化，祇要有"Universal Sense"，故事和思想就會被接受和認同。"Universal Sense"使不能全球流通的語言、文化、心理、情感得以流通。因此，李安是有這Sense了。

二、青春危機

臺灣以寫當代青少年生活的電影如「青少年哪吒」、「愛情萬歲」等，也可算臺灣近年來電影發展的又一里程碑。這類影片的故事單薄到了可以略去，但人物內心的複雜激烈，使人很快捨去對故事情節的追索，而全力關注到人的心理動態上來了。

「青少年哪吒」中的兩個男主角和一個女主角的慘淡生活，幾乎是以自然主義的形態來表現的。潮濕、陰暗的居處，積著污水的地板，所有景物無一不是這三位少年男女心靈的外化。他們的青春不像在美國或其他國家，他們的青春是毫無優越感的，沒有慶典的。似乎他們並沒有選擇青春，而青春被強加在他們頭上。正如強加在他們頭上的「考大學」、「補習班」，社會和家庭給予他們的難以承受的壓力，使他們不勝其累。影片的氣氛使觀眾跟著主人公一塊窒息，沉悶和壓力使觀眾同樣希望找到一種逃脫。正如主人公躲在電子遊戲機的俱樂部，以遊戲的聲、光和速度使他們暫時離開現實。他們似乎被傾榨盡了，所有的心靈和肉體的能量都被他們必須面對的現實消耗盡了，因而他們的愛情也那樣有氣無力，毫無青春的熱度，那樣的愛情也像他們的生活一樣沒有出路，沒有方向，充滿絕望。

「愛情萬歲」中的女主角的一場大哭，是蔡明亮給予影片那梅雨般情緒的唯一一束陽光。觀眾到了這兒，感到他們的心靈通過她的放聲痛哭而得到了片刻的舒展。面對一個運動場的空曠，被千百個觀眾遺棄的空座位，女主人公也成了被所有人遺棄的對象。她的哭對於她自己，也對於觀眾，都有著長嘯般的療效。（中國的古人長嘯。美國有些心理學家將長嘯作為一種心理療法。）

大陸也有類似的影片，如「郵遞員」。它是描寫一個年輕的郵遞員偷拆人們的信件，從而發現人們生活中的秘密。他們的生活也如他一樣充滿卑瑣的痛苦，也有著像他一樣的不可告人的醜陋。他給那些人寫起回信來，希望通過他對他們生活的干涉能夠使他們的生活有所改善，結果他分享了他們的陰暗，最終和自己的胞姊發生了肉體關係。整個電影的病態和罪惡感使人意識到，蠶食人心靈的並不是大災大難，而正是這日復一日的猥瑣；猥瑣無為的一日重複著成千上萬個猥瑣的日子。這樣的重複使人感到可怖，感到噁心，因為死亡從青春期就開始了；腐爛早在死亡之前就發生了。影片的節奏之慢、色調的灰暗和齷齪，使人感到主人公那疲憊的步伐，陽萎的精神狀態，以及他眼中的世界就是那般無趣、消沉和骯髒。（記得看這個電影時，有位極有名的大陸男演員與我鄰座，他因為時間差不斷地打盹，而當他偶爾看懂幾段銀幕上所發生的，便誇張地打著冷戰說：真噁心——像揭開地皮看見下面一窩蠕動的蟲！他拒絕接受此類電影中過於自然主義的對醜陋的渲染。）

既探討以青少年為題材的影片，姜文的處女作「陽光燦爛的日子」是不應忽略的。這部片子和它的名字十分相配，充滿灼人的青春活力，如炎夏的太陽一樣，散發著無盡的熱能，卻也不無伏天陽光的那種毀壞力。它也有前幾部描寫青少年的影片所含的命題：青春危機。和任何人生的危機一樣，充滿莫名的躁動。「陽光」中的男主人公和他的朋友們在這青春危機裡也是茫然、盲目，走投無路。直到女主人公的出現，才使他們隨時可能泛濫的青春有了條渠道。暗戀給盲動的青春以出路，而打架、流血同樣使他們過剩的青春能量得以釋放。與前面提到的三部影片不同的是，同樣的青春危機，姜文卻是以狂歡的情緒來表現的。姜文的主觀意識串連起所有人物和故事，他本人將那場文化浩劫的確是當作狂歡節來過的。學校的正規教育停止，使這些青少年們可以毫無壓力、不負責任地虛度年華。姜文對於那一段虛度和荒廢的歲月，並非持批判或控訴的態度，相反「陽光燦爛的日子」恰是一部青春的慶典和禮讚。在音樂的運用上，姜文也寄託了他對這個青春狂歡的紀念，他甚至是相當懷舊的。那些流行一時的歌曲和音樂，出現在故事的各個段落裡，強化了故事的情緒，亦強化了主人公的心理動律。這些歌和音樂連接起來，就是姜文和他的同齡的大部分精神財富。在一伙男孩騎著自行車，攜帶各種「武器」出征去迎戰另一伙男孩時，姜文在此處用了國際歌的旋律。這是那個年齡的少年們自我感覺最莊嚴最悲壯的時候，一副「壯士一去不復返」的氣概。在大陸建國以來的所有文藝作品中，尤其是文革中的電影和樣板戲中，國際歌每每出現在英雄就義的時刻，那個時代的人們聞此歌便會肅然起敬，熱血沸騰或熱淚盈眶。不管那莊嚴多麼荒唐卻總是莊嚴。姜文或許在回憶這個莊嚴而荒唐的事件時，並不完全是嘲弄和不屑的。即便這莊嚴凝重的音樂給打群架這個毫無意義的事件添了一層滑稽色彩（據說影片在大陸放映時，每逢此時，觀眾席便是一片哄笑），但姜文仍是不無莊嚴的。因為每個人都珍視自己的青春，青春期發生的大事，事後感到它們再可笑，也不會以嘲笑將它否定。否定那些荒唐的莊嚴就是否定青春。而絕大多數人對自己的青春都是帶些愛憐，帶些尊重去珍藏的。無論怎樣苦難，怎樣一無所成，怎樣被荒廢掉的青春。對青春的尊重與珍視，是我們人性的一個脆弱點，那就是懷舊。

姜文的「陽光」在亞洲，尤其在中國大陸獲得了很大成功。這和導演的才華和認真是分不開的。每個少年演員的表演都極其到位，每件服裝，每處景色，每個道具都精確到極點，這也說明這段青春在導演記憶裡被保存得多麼仔細，毫無磨損。同時說明這個「青春狂歡節」對姜文的一生是事關重大的。遺憾的是它沒有在西方引起應有的反響。說明對此影片的欣賞要求一定的對於中國那個非常時期的了解。大陸和臺灣的一些電影都存在這樣的局限性——離開背景知識，影片的許多精彩之處、精彩的臺詞就白白流失了。培養全球意識，創造全球語言，中國的電影與文學都背負著這一使命。

中國文學的游牧民族

——在馬來西亞文藝營開幕式上的講演

我稱自己為「中國文學的游牧民族」之一員，自然是帶點戲言意味的。這其中有我的幾許苦惱和幾許樂趣。我想，像我這樣遊散於祖國本土之外、地球各隅以華語寫作的人，會體味我的苦、樂參半的感受。

所謂「游牧」無非是指我們從地理到心理的社會位置：既遊離於母語主流，又處於別族文化的邊緣。游牧部落自古至今是從不被別族文化徹底認同，因此從不被異種文化徹底同化的。但它又不可能不被寄居地的文化所感染，從而出現自己的更新和演變，以求得最適當的生存形式。這裡生存形式決定我們在文學中的表達風格，決定我們的語言——帶有異國風情的中國語言。

像所有游牧民族一樣，我們馱著無形文化負載，從離開祖國海岸線的那一時刻起，就開始了永不會停駐的跋涉（一種無形的苦旅，一種即使有了土地所有權也不可能徹底消除的離情別緒），於是，我們的語言有了獨特的聲調、語氣。

對於我來說，沒有不好的故事，只有講得不好的故事。海外作家的遷移——這個似乎永遠未完成、有時已翻越了幾個世紀的遷移過程使我們每個家庭、每個人都有故事可說。然而述說故事的語言決定它是否有聽眾，是否能在自己的母語語境中，以及在超越母語語境，即在人類思想和情感的境界中擁有盡可能大的聽眾群。我們與第二故鄉（我們所移居的國度）的人們共享同一種自然環境和社會環境，與他們有著相似的生存經驗，這似乎是我們文學創作的優勢，使我們筆下的故事背景和人物行為易被認同。（而不像許多發生在中國大陸的故事，讀者對這些故事的審美首先要具備對大陸半個世紀來的歷史知識，包括對頻繁發生的政治運動所發生的特殊環境與語言之知識。）因此，作為我這樣一位離開大陸僅僅八年的小說家，首先出現在創作中的問題，是如何改變那些政治教育和理想信條，對我產生的語言習慣。這種語言習慣甚至比方言或術語更難懂得。西方有不少成功的作家（如俄國的流亡作家普寧、那波可夫、猶太的辛格，以及近年流亡的智利女作家阿寅德、捷克作家昆德拉），都是在母語語境之外，以母語寫作……參照這些作家，我們這個中國文學的「游牧者」們並沒有躋身於那個更為環球性的文學「游牧部落」中去。同樣，似乎更為不幸的是，我們在中國本土的文壇上，也只有一個近乎虛設的位置。因為我們的生活經驗對於中國讀者是遙遠的，是不切題的。他們對我們的語言感到別具風情，但這語言所砌築的故事僅使他們好奇，整體上是祇能類屬中國文學的一個少數民族，並不能進入主流。這似乎又讓我們感到劣勢的處境。

在海外生活，學習了八年，使我認識到中國文學在世界文壇的地位是次要的。漢學界外的文學讀者對於中國文學，幾乎是無知的。這當然與翻譯者們有很大關係。甚至也可以歸結到我們漢文字的特性。西方語言學家認為中國語言是視覺的，而其他所有語言都是聽覺的。因此中國語言文字是人類語言發展的一個例外。漢字的意象性造成審美對象視覺上的快感其實是最強烈的（如「大漠孤煙直，長河落日圓」，這些文字本身給人的意象是極其圖象的）。中國文字的特別屬性使我們在把中國文字傳導給世界時有著巨大困難。儘管我們所描寫的生活經驗是世界認識的（不像中國大陸的作家，若想他的故事被懂得，必須做大量的歷史背景介紹，必定對一定的時代用語做注解），我們語言卻不能通過翻譯來得到理想的全球性流通。我們語言中所含的情感與思想，中文本身所具有的無限豐富的表達，都成了無法變通，因此無法產生能量的電流。每每想到此，我總感到我們這個文學游牧民族面臨的挑戰非常的大。

這挑戰包括尋找到更具環球意識的敘述角度,尋找到能夠全世界流通的寫作方式和語言。前二者是容易做到的，但後者卻需要長期的探索和實踐。我們生活在兩種，甚至多種語言的環境中，我們在聆聽和閱讀別種語言的過程中，應更有意識地體驗別種語言的表達方式、描述方式，從而在華文中尋找出最精確、最令人心領神會的表述語言。一旦找到或創作出這樣的中國文學語言，才不會在翻譯過程中流失大量的中國文字之美麗、之含蓄、之生命。

我們的文字和語言是最古老、又是最年輕的。五四運動之後才開始普及的文學語言（從文言文到白話文的革命）仍有巨大的成長和發展空間。我們在文字創作中對中國語言的求索、錘鍊，都在催化它的成熟。大眾的語言是不斷更新，尤其在故土之外，它在不斷被其他語言所影響、所浸潤，但大眾語言的進化是自然所至，是無意識的，而文學工作者們，如我們這樣用祖傳文字來創造當代語言之藝術的人，對中國語言的開掘與更新，則應是有意識的。

晉末的苻堅，在千萬大軍被謝安擊退後，後裔們漸漸流亡到藏、羌交雜之地。他們傳承自己的歷史和文化，一代代以歌唱的史詩使他們在游牧過程中，使自己的文化疆域變得無形卻無限。那歌唱對別民族久遠的感染，以及對自己文化基因的遺傳，使之成為不滅的生命。那畢竟是太古老太悲傷的游牧形式。我們在祖國海岸線之外擁有了土地和天空，我們以自己的文字寫著自己的往事與今事，寫著夢想與現實，文學便是我們這個「游牧民族」代代相傳的歌唱。

性與文學

——為芝加哥華人寫作協會所做的一場演講

二十世紀——從二〇年代到六〇年代，西方社會和西方文學大致處於愛情飢渴和性愛泛濫的時代。這個時代的代表作家(Henry Miller, Anaes Nin, Dorithy Parker, John Updike, Norman Mailer) 對愛情是不屑的，他們摒棄了把愛情做為性愛的理想，而產生了一種硬漢式的低調的文學風格。這類作品也對西方社會的愛情觀產生極大影響。不能不看到它與每一種思潮，每一種藝術形式（包括Beat）搖滾、美術界的觀念革命（如Installation, Minimalism …）這類作品是著重自我發現，逆反傳統和逆反社會。他們的思想基礎與Freud的學說的誕生也是有所關聯的。

Freud誕生在十九世紀這個偉大的科學革命時代，在他之前有兩個偉人的出現——Darwin和Fecher，後者是第一個提出人類心理可以科學去研究的，而前者，則幾乎給人類帶來了一次科學的「文藝復興」。十九世紀的一連串科學發現，包括細菌學和遺傳學，以及物理學的飛躍性發展，德國物理學家Hermann von Helmholtz，創立了能源轉換定律。對能源的研究和突破性發現，使人對自身的認識有了巨大突破。因此Freud心理學說的出現是必然和自然的，是有著充足學術準備的。

再發展到二十世紀，在二〇年代初的歐洲和紐約，文學界、藝術界沒有不把"Complex"以及"Consciousness"或者"Collective Unconscious"之類的Freud和Jung的詞彙掛在口頭的。文學作品中的愛情也從古典主義和浪漫主義一躍而轉為對人本的認識。就是說，假如在此之前的文學中的愛情主要是精神活動，那麼Henry Miller之類的作家便抽去了這一層審美價值而使之轉化成肉體的生命本體。從某種意義上來說，這是一個革命和進步。因為在此之前，文學中的愛情似乎是貴族化的，是帶有神性的，因而是玄妙的。而這一革命使男、女間的關係變得平民化了，不再是驗證柏拉圖的假說，而是實實在在的經驗欲念。一切男女間的情和怨，都是出於人的自身繁衍的本能。對本能的強調，壓倒了二十世紀前文學作品中對本能的否認。

這期間有例外的作家，如D. H. Lawrence。他是把人本探索和愛情理想結合得最好的作家。沒有比他的*Lady Chatterley's Lover*中的性愛過程描寫得更細膩、更具體的了。但寫「性」並非他的唯一目的。讀者能從他的「性」中讀到肉體與精神的互動關係，還能讀到「性」中的階級關係，甚至政治關係，「性」使「愛」更豐富，更可信。愛情是平面的，而有了「性」意識的愛情則是立體的。Lawrence的其他作品，如*Fox*、*Rainbow*、*Sons and Lovers*……以及許多短篇小說中，雖不像他最後一部作品*Lady Chatterley's Lover*，直接描寫性行為，但那些作品都是充滿性意識，以性為人物情感的主要潛流的，因而這些作品顯得比二十世紀之前的所有描寫愛情的文學作品來得有力度，有血氣。

前面談到性愛文學誕生的社會背景，以及其心理基礎。Freud的偉大假說在二十世紀被驗證，或推翻或再驗證。似乎以科學來證實 Freud，或證偽Freud，都是沒有出路的，因此，大量的受Freud影響的文學作品出現了，大量的以剖析自我、解放欲念的文學作品出現了。取而代之了愛情在文學中自古至今的主宰地位。應該說，二十世紀的文學是遺棄了愛情的文學，或說被愛情遺棄的文學。愛情只是通俗讀物的一個類別，Romance。

根據Freud的假說，Sex代表人的求生本能(Life Instinct)，而Love作為理想——理想則屬於Superego（超自我），代表的是Death Instinct。這裡我可援引一段Freud的原話："Perhaps we have adopted the belief (the Death—Instinct) because there is some comfort in it." 如一切人類的理想，愛情做為理想，是基於犧牲，基於「做烈士」這樣一種意識的。所有的主義，所有的

信仰，最深層是要求人獻身的。而Sex卻是對立於這個死亡本能的，因為它的根本出發點是自身壯大、增殖。對二十世紀人的愛情理想破滅轉向Sex，我的假說是二十世紀存在太多的死亡本能。如一次、二次世界大戰核武器的研發成功和廣島、長崎的實際使用，如共產主義和反共產主義的精神戰爭，滿足了人的死亡本能；人不再需要愛情（尤其是羅蜜歐與茱麗葉式的，少年維特式的）這種理想來滿足自己的死亡本能。二十世紀，死亡本能和生存本能已經失衡。包括音樂、繪畫中的毀壞性力量給予人的死亡本能以足夠的釋放，人轉向Sex——求生本能，來迴避Superego對人的犧牲的索求。

在二十世紀的文學中，為愛情獻生的作品變得越來越稀有。變成了一種人在冥冥之中對一種古老理想的遙遠的嚮往。這嚮往是美麗的，也是代價昂貴的，就像一切理想一樣。是人的現實生活可有可無的詩意。

這種嚮往使*The English Patient*這樣的詩意作品顯得可貴。甚至使*The Bridges of Madison County*也產生了「以慰渴懷」的效果。前者並不迴避性描寫，以當代人對於Sex的正視，而體現一種高於一切的愛情理想。它的詩意就來自高於祖國、民族界定的榮辱觀念的男女情愛和性愛。這裡生存本能和死亡本能是交織的，因而它滿足了人性雙面的需要——審美的和人本的性愛。

從此例看出，能在不放棄審美價值而寫性，換句話說，不迴避「性」而寫愛情，是我本人所欣賞的。這類作家可以舉出許多，如：Vladimir Nabokov (*Lolita*), Garcia Marquez (*Love in the Time of Cholera*), Isabel Allende (The House of the Spirits), Marculite Duras (*The Lover*)，這些作家不像我剛才提到的那類作家。他們正視性愛，但在於他們，性似乎更多地成了「愛情」這個主題的哲理。

記得有次在芝加哥的某個圖書館，聽Allende的Reading（當時她在為她的*Infinite Plan*做宣傳），當聽眾提問她對於寫性愛的感受時，她非常開朗地笑著回答：「我愛寫性！我從寫性愛中得到享受！但我不會直接去寫性動作，性的動作就那麼多，寫來寫去不是很乏味嗎？我希望我自己能寫出性的氛圍、氣味、質感、觸覺，總之除開性本身，調動一切心靈或感官的觸動，來寫性。」

Allende的這段話對我有很大啟發。愛情是上昇到審美層次的性愛。即便僅僅寫性愛，也應該把審美的目的作為第一目的。剛才我提到*The English Patient*，我們看到這裡愛、性、生、死是緊緊編織的。作為一個當代作家，已不可能避開「性」這個生命現象而單純求得「愛」這個精神現象。這就是為什麼Freud的學說最先引起文學家、藝術家、知識階層的興趣。

就我本人來說，我是認真對待寫「性」的。性關係在我的理解中時常更為廣義、更為形而上。有時我甚至認為，性包涵的一對對立統一體，能夠解釋宇宙間的所有的對稱或對立、諧和或矛盾的一切關係。比如：《扶桑》中的兩個對立的種族、兩種並存的文化，它們間的相吸、相斥、折磨和磨合，這兩個民族本身就組合成了一個對稱體，從形而上來理解，克里斯和扶桑的性愛是兩個民族媾合過程的象徵。我在描寫扶桑這個人物時，時常感到她身上體現了一種祇有古老東方才有的雌性，是「后土」式的雌性，不可能被任何文明和文化所「化」的雌性。她無原則的寬容，無歧視的佈施，她的存在哲學和理性化的西歐文化間，我意圖在表現超越雌雄範圍的雌雄關係。兩種文化在接觸的初始，亦像兩個性別的個人，其中有大量的暗戀、懷疑、衝突，而媾合也不能說是最終的，媾合中會產生和諧因素，但也會產生大量敵對因素。

再比方我寫《雌性的草地》，把母性（或雌性）的犧牲精神（這種精神是雌性中原本存在，是與生俱有的）和為主義理想的犧牲溶混起來。主義理想成為雄性體，與原始的雌性犧牲的自然品質產生結合。代表這個主義理想的是指導員叔叔（政黨政權的代表）以及紅馬（她們崇高愛情的客體）。但我最終尋求的是雌性粉碎這個結合，擊斃紅馬，背叛叔叔，回歸自我。這小說中寫到的不止以上那幾對雌雄關係，從更廣泛的意義上看，人與畜之間，人與荒野之間，都有類似的相互吸引、相互折磨、相互鍾情和敵視的關係。比如，那些女孩子們用自己洗身體的水去餵自己的座騎，當我在採訪中聽到這個細節時，立刻認識到這裡面的性意識。雌性以自己獨特的、個性的體嗅來軟化一匹比她們高大有力多倍的馬，這裡體現女性的溫柔的征服性和占有欲，從而使人和畜踰越他們類屬的鴻溝，產生一種近乎性感的感覺。

我並不清楚自己是不是把愛情和性愛看成不同的兩個東西。因為我發現在我寫「愛情」時，比如克里斯以心靈戀愛扶桑時，他並沒有和她發生性關係，在扶桑把自己的身體無限慷慨地佈施給一切男性時，克里斯與她保持的心理距離顯得尤其可貴。而克里斯占有扶桑的肉體時，恰是他從愛的傷痛中覺醒的時候。相似的，我在《雌》中也有類似的人物命運安排：小點兒和騎兵營長的一場暗戀：什麼也沒說，什麼也沒做，但雙方對彼此心靈的索取和折磨，使這愛情完全不需要肉體的參與，因此這愛情是刻骨銘心卻毫無出路。現在來回顧我自己的作品，我想當時在我的潛意識中對這樣的愛情是嚮往的，又是批判的。這兩年讀Freud，悟到：由美德、良知、理想而組成的超自我，往往代表犧牲，也就是死亡本能。那樣純粹的、不摻欲念的愛情，也祇能在死亡中得到實現，得到安慰。因為愛情在這裡與愛的對象已沒關係，主要是在愛「愛情」這個概念。這大概是我批判的。

在我其他作品中，我想我也在做類似探究：看看愛情究竟是不是存在，愛情是不是人本性中的東西。我是指古典的，為愛而愛的，理想主義的愛情。我常常感到我小說中的人物發展到結局使我意外。在我們當代的現實生活中，似乎沒有這樣的愛情，超越性欲的，淩駕於性愛之上的，高於一切的愛情。就像達爾文進化論心理學派所說：任何一對人的關係，若不是建立在相互的開發和利用的基礎上，是會很快被社會淘汰的。男、女也逃不出這邏輯。假定這個心理學派是對的，那我們為二十世紀文學（尤其六〇年代後）的文學中的愛情空白找到了答案：男、女間的關係是相互榨取利益，相互開發資源的關係。像我寫的《紅羅裙》，一切能發展成愛情（哪怕是禁忌中的愛情）的因素最終都泯滅了，祇剩下老男人和女主人公那辦公似的房事。「性」在這時刻像吃飯、喝水、排泄一樣，自然而無所意識。性被抽去了一切對理想的嚮往是如此無奈、不美、無價值，而在此同時，卡羅斯斷裂的鋼琴聲滲進來，進入了女主人公的知覺和記憶。現在想來，我下意識地為這赤裸無味的性關係增添一線來自審美的光色，使之突然失去麻木，突然出現一陣疼痛。這疼痛便是：人知道這世上存在著愛情，而愛情是遙不可及的。

我認為能寫好性愛的作家所寫的愛情是最具深度、力度的。這樣的作家是最懂人性，最坦誠，最哲思的。我早就立下志願要寫一部愛情小說，以最不保守、最無偏見的態度去寫。我所說的保守，是固守古典浪漫愛情的寫作法則。我想這樣的法則在我內心仍占相當大的位置。《人寰》這個作品在開始寫作時是不保守的，可我感到讀者可能會把小說中的「我」和我聯繫起來，所以作了些割捨。不然，它是一個不錯的機會：一個女人對一個心理醫生講自己的感情史和心靈史，應該更坦誠些。所以我意識到，即使有藝術形式的保護，藝術家做到坦誠也是不容易的。

寫在電視連續劇「海那邊」之後

那是我最彷徨的時候——留美國還是回中國，再婚還是堅持單打；繼續當作家還是棄暗投明揀個實際的事做做；美國是個號稱機遇最多，機遇又對人人平等的國家，投什麼機為好；若接著當作家，寫什麼，用什麼語言寫，要不要投人所好地寫，投何人所好，等等。在那麼個情形下，我回到芝加哥：帶著在半個美國流浪的閱歷，以及被流浪惡化的渺茫感，開始參加安琪和陳沖發起的「海那邊」的創作。

芝加哥是我個人歷史上的重要城市。我的許多個「第一」，都是在那裡經歷的。第一次被人從身後掐脖子，隨之被溫柔禮貌的強盜搶走了錢包；第一次沿街找工作，第一次打餐館；第一次蹓街串巷拾人家扔掉的家具；第一次和美國女同學同租房子，結果住出了階級友愛和民族仇恨；第一次作為一個碩士生坐在一群美國人中，學習文學創作，第一次用英文在電腦上寫作……對了，還有第一次叫喊英文夢話，把自己叫醒了。在災難和恐懼中滋長出來的愛是極有力量的，這就是芝加哥比美國任何一座城市——包括我居住最長時間的舊金山都顯得親愛。

也是在芝加哥，我接觸了美國的一個特殊階級，它主要是由貧困的藝術家組成的。他們有極強的獨立思考，有自己的一套價值觀念，非常叛逆，我是跟著他們走進舊貨店買衣服的。一對畫家夫婦告訴我，他們結婚十幾年，從來都是在舊貨店為對方買禮物，自然為省錢，但更重要的是因為舊貨往往獨一無二，不帶有大批量生產的新貨的集體性和重複性。因此，他們的裝飾總帶一定的戲劇性，似乎是出自哪本小說，或哪幅油畫的人物。

也是跟著我的這些朋友，我對塗鴉藝術、搖滾樂變得寬容了。以至到後來，當我每參加小說或詩歌朗誦時，看見鋪天蓋地的塗鴉，那麼猙獰險惡，我感到的衹是一種親切的符號——我的小說不可能媒介的一種情感和人格的表達符號。

還記得有次我說起我的失眠，他們說：「你試過大麻嗎？」他們說到此時完全是一副坦誠和無辜的表情，這表情使你絕對不在它和犯罪之間做任何聯想。當然，我沒有去試大麻以及縱酒、縱欲。我是個中國人，我即便視叛逆為褒義詞，也是在道德和法律的規範之內。有些東西作為我這樣一個中國學生是試不起的；經濟上不堪，地位上更不堪；作為非美國公民，一走火就有被遞解出境的危險。

說到經濟上的窘迫，芝加哥時期又占一個第一。我真是從來沒那麼窮過：每從銀行取一回錢，都不敢看被剩下的數字，那個數字總是比我最壞的估計還少。因此，避免嚇著自己，我一拿到取款收據就揉了它，扔進垃圾箱。糊塗著過，還有些傻快樂，反正別問自己喜歡吃什麼；超級市場什麼減價最厲害，我就狂熱地吃它。一次花菜減三個禮拜的價，我覺得自己吃它吃出了「紅米南瓜」的井崗山精神來了。是從我自己的經歷，也從朋友的傳聞中，我搜集了一些有關「吃」的細節，也將它們寫到「海那邊」的人物中去了。比如劇中的老王如何吃雞蛋，就是我在餐館打工時，一位中國學生親口告訴我的。

那種窮困，真是看得見、摸得著、聞得見的。從我打工的餐館到學校有十個街口要過，一路全是各種各樣的商店：衣服、鞋、首飾，哪裡都是幾乎捂到你臉上的廣告和減價招牌。而窮困時的我一向是目不斜視地穿過這十條街口，起碼起碼，我不必為自己無力成全一個殷切的售貨員而難過。美國的售貨員一般都極有涵養，你再讓他白費口舌白費勞力，他都不失溫和，他那笑容也是世界上最堅韌的東西。也就是這樣的笑，把我這類窮學生唬到店門之外的。

那時我除了在一個叫「救世軍」的教會商店買衣服以外，也去跳蚤市場。那裡能買到新的但便宜的衣服。在這兩個地方一般十元錢可買兩件衣服，運氣好可以高達四件。還能在那裡買到家具，但我沒買過，一半是從其他學生那兒繼承的，一半是撿的。撿家具很好玩，晚上開車在小街上轉，路過各家放垃圾筒的地方留點神，常常看到垃圾筒蓋子上橫著一只床墊什麼的。我的床就是這麼撿回來的，完好一件東西，躺上去，除了夜深人靜偶然想到它上面躺過誰，是否活的，那念頭讓我髮根陡然發硬以外，別無弊處。

所有與我窮出差不多水平的朋友，都有許多撿家具的經驗，也有許多此類故事。一個朋友視力很壞，車都很少開，而每回都是他發現舊家具。朦朧中，別人祇看見一個什麼大物件在垃圾筒附近，他卻立刻判斷出那是一張餐桌，或一只寫字臺。這種時候往往有種探險或探寶的刺激。這些細節、人物，在我動筆寫「海那邊」時，便自然地出現在筆下，使我感到自己沒白受一場苦，一場窮，一段艱辛生活。

有一度我苦不下去了，把怨都發向了芝加哥，我離開了它。半年的旅行，我寫出的作品都是以芝加哥為背景的，這也體現了一點，就是人通常記住和寫下使他痛苦的事，而不是使他快樂的。所以，當我得知安琪與陳沖以及芝加哥電視臺的子繁、遲晶在醞釀一部以芝加哥為背景的電視連續劇時，我馬上提出參加寫作。

從安琪手中接過劇情提綱後，我便動筆了。那時我住在洛杉磯我姑母家，有免費住房和免費三餐，加上我在臺灣得的文學獎消除了我的經濟恐慌，我頭一次找回在國內做專業作家時的從容。

兩星期後我便完成了二十五集中的七集，寄給陳沖和安琪後，她們決定由我來執筆完成全劇。安琪當時正在寫她的英文小說，已和出版商簽了合同，陳沖在忙於拍片，所以她們的時間無法得到保障。她們分別將已寫成的一集半劇本以特快專遞寄給我，由我開始了從頭至尾的整體創作。

洛杉磯也是個中國留學生雲集的城市，我表姐夫開的羊毛衫工廠裡就有幾百中國女學生。我便常常與她們閒聊，吃驚地發現她們中有更曲折和古怪的故事。「海那邊」中，一個癱瘓的籃球明星，專門找矮個子中國學生供他當拐杖拄著走路，便是從她們那兒得來的故事。也有許多奇妙的心理體驗，比如她們說最難堪的是進門脫鞋：中國學生的襪子往往是髒的和破的，而進富有的臺灣人家做工，總要脫鞋，因此她們對脫鞋那一剎那的心理感受，是十分微妙的。

還有許許多多的細節，例如：有的女學生虛榮，卻又捨不得買晚禮服去參加晚會，她們就從商店裡買件價值一兩百的衣裙，當晚裝扮過，第二天再把它退掉，祇要設法保留那個標價紙籤就可以。美國的商店是允許退貨的，售貨員決不問你的退貨理由，甚至她還會對你說一聲：「抱歉，我們這裡沒有讓你喜歡的東西！」還例如：有個中國男學生特別有集體觀念，祇要他見到便宜貨：三角一打的雞蛋，一元一件的T恤，等等，他都會一股腦兒買十多份，再分給他的朋友，他這個好習慣弄得他自己一直很窮。

直接的和間接的生活體驗，都成了我寫作「海那邊」的礦藏，也使這部作品具有一定的紀實性。我也採用了同樣的生活素材，創作我的小說，它們使我在兩年中獲了五個文學獎。這使我想到，人在最失意時，竟是被生活暗暗回報著的。

寫這篇文章的時候，我也同時在準備去臺灣記者招待會上的講話稿，有些內容與這篇文章是相同的。這是我第一次在臺灣出書，也是第一次將電影版權賣給臺灣的電影公司。我終於以寫作為生了，但再沒有在國內做專業作家時的優越感。寫作祇不過是種種飯碗中的一只；寫作也祇是一種生活。甚至也不太明確：是我寫生活，還是生活寫我。

很遺憾「海那邊」沒能按計劃投入拍攝；也很遺憾我受中央電視臺和芝加哥電視臺之託所寫的另一部連續劇「自新大陸」取代了「海那邊」投入了拍攝。「自新大陸」也是以芝加哥為背景的中國留學生故事，是根據我在臺灣、香港發表和得獎的小說改編。

顧名思義——「自新大陸」，這片大陸被當時的哥倫布稱為新大陸，比之我們的熱土，中國大陸，它自然也是新的，是冷土。將開拓這塊新大陸的經歷展示給同胞，是一個作家的責任，也是她吐盡胸中淤積的一個機會。無論「海那邊」也好，「自新大陸」也好，終究都是海外遊子向國內親人發的一個誠摯邀請——邀請他們走進我們在新大陸的生活，參觀一番，評說一番。

在此也感激「電影・電視文學」的全體編輯，給了我們的「海那邊」一個問世的機會。

弱者的宣言

——寫在影片「少女小漁」獲獎之際

寫此篇文章的情緒是被一個女孩的電話激起的，她的求職被一個公司拒絕了，但她準備找那公司的老板去辯論，向他當面驗實她的攻擊力和才幹。她在電話裡氣焰極盛，詞句都還文明，但腔勢很像罵街。她說她一定要贏。結果她贏了。

她是我們當今社會中越來越多的「贏者」(強者)形象，是那種我惹不起、躲得起的人物。我常常想對她們說：謝謝你們推動了世界。她們的辭典裡早已沒有「善良」這個詞彙。若有，也伴有這樣的定義：善良＝①愚蠢，②軟弱，③人類前期文明遺留下的缺陷。

男人就不去說了，他們生來就是為政治、戰爭、競技場上的爭奪，要他們善良，就等於不給他們事做。他們祇要正直，正直本身所包含的善良成份就已足夠。而女人應該善良，女人的善良是對男人們在爭奪中毀壞的世界的彌補。每個女人，在我想像，她內心深處都沉睡著一條溫柔、善良、自我犧牲的小人魚。不同的是，那沉睡的小人魚在一小部分女人身心裡常常醒來，而在絕大部分女人那兒，祇偶爾醒那麼幾回。但無論如何，小人魚的本質或多或少地感染著女人的本性。

已故的阿根廷作家門諾威奧・普威格 (Manvel Pueg) 曾在他的長篇小說《蜘蛛女之吻》(*Kiss of the Spider Woman*)中，借助他的人物的嘴說：「別一口一個女人；女人怎麼了？要是這世界上多些女人，該會少許多戰爭、暴力、殘忍！」

而我滿眼都是飛快翻動的紅嘴唇，告訴我「非贏不可！」在工作中，在家庭裡，在離婚法庭上，大方和厚顏是一回事。厚顏也和「堅韌不拔」、「百折不撓」等，與同我從小學會的，與英雄氣概有關的褒義詞同義。絕不吃虧、絕不讓步、絕不犧牲自己，據說是強者的要素。她們也會交往一類人，因為發現這一類人有善良這毛病，她們可以把吃不下的虧省給她吃。看著她吃虧，她們是滿心嫌惡和鄙視。

善良真的就成了毛病，非給改掉不可。好萊塢不顧踐踏文學遺產之嫌，把好好一個小人魚改成了又打又鬧的女戰士。(他們一定是寵愛小人魚的，不希望她有善良這毛病。）我害怕如今越來越不愛讀書的孩子們從此無法知道安徒生筆下那個善良化身的小人魚的原本面目了。那是個救了王子，卻無法開口陳述自己功績的小人魚，她接受了王子的背叛（雖不是存心背叛），要麼她殺死王子和新娘而保全自己的生命，要麼她在王子新婚的第二天清晨溶化成海裡的泡沫。小人魚選擇了後者，安徒生讓小人魚以她的善良獲得了永生。

但凡了解點滴安徒生生平的人，都能想像這位善良、溫和、不幸的童話作家對好萊塢的篡改會悲哀成什麼樣。小人魚的善良和自我犧牲是小人魚的本質，是作者的創作核心，是使小人魚之所以美麗動人的根本。沒有這個根本，小人魚就不再是小人魚了，難道好萊塢的大師們連這點都意識不到？在這些大師眼裡，小人魚絕不能吃那麼大的啞巴虧，怎麼能這樣便宜了王子身邊那個不相干的女人？然後他們把當今社會中女人的心理——絕不做輸者——填進了小人魚，粗暴地更換下安徒生寄託在小人魚身上最後的理想和希望。記得故事結尾，安徒生寫道（大意）小人魚化成了海裡的泡沫，……當太陽每天昇起，那成千上萬浮在浪頭上的泡沫，在陽光裡變得五彩繽紛……」作者暗示著一種永生，一種不滅的精神與靈魂。與此相比，小人魚肉體的存與歿是不重要的。然而好萊塢中止了這個永生的小人魚。

這就很明顯地看出，什麼樣的人品是被我們今天的社會推崇的，而什麼樣的人品正遭淘汰。美國的實用主義哲學有著很大的市場，尤其適合本質上就十分實際的中國人。中國人的務實精神使物質建設進步極快，無論是臺灣、大陸、香港，還是新加坡，包括海外的中國社區。也恰是這個務實精神，使中國人缺乏理想，缺乏情調，缺乏創造性。邏輯地，這些缺乏造成一種局面，大凡被推崇的東西，從一種名牌皮包，到一種行為作風，都會在中國人的社會裡看見最強烈的響應。女人也是如此，她們身上顯露著這個社會所推崇的氣質，就是好萊塢那個變了色的，被偷換了根本的小人魚的氣質。善良被淘汰得十分乾淨，她們的確在贏，絕不便宜這個世界，儘管她們有時也會柔情似水，但這柔情也是她們去贏的一個手段。她們或許流淚，告訴你如何傷痛，那恰恰是在贏的過程中。總之，她們是贏者。

小人魚式的善良的確不存在了，輸者才具備那樣的善良。而誰願做輸者？

這又讓我想起門諾威奧來了。他在自己的自傳式回憶錄裡寫道：「我從小就對那些律師、銀行家、醫生感到陌生。他們是社會中的成功者，是贏者。我感到和他們我永遠也不可能接近，毫無共同之處，而對於一些不十分得意的人，一些輸者和弱者，我感到親近，感到我屬於他們。」他的《蜘蛛女之吻》中的男主角莫利那是他寄託這種信念和感情的形象，正像小人魚是安徒生的信念的寄託物。他們把善良做為莫利那和小人魚的人物軸心，牽動他們一切行為。善良使他們易受傷害，使他們把傷害掩藏起來，去成全他們所愛的人。他們最終輸掉了自己的生命，悄悄地退下了競爭的舞臺。作者們那絕不強加於人的人道意識，那對人道的微弱持久的呼喚，使我一次又一次流淚。在這樣的時候，我對自己說：讓贏者踢開我，從我身邊呼嘯而過，去推動世界吧！

當然，這不過是一個閃念，我並非總甘願抱著一份善良的空想而過於落伍。我並不一定要時時去贏，但我想爭取不事事輸。輸，會使我心境淒涼。

我在《少女小漁》中抒發的就是對所謂輸者的情感。故事裡充滿輸者，輸者中又有不情願的輸和帶有自我犧牲性質的輸（輸的意願）。小漁便有這種輸的甘願。她的善良可以被人踐踏，她對踐踏者不是怨憤的，而是憐憫的，帶一點無奈和嫌棄。以我們現實的尺度，她輸了，一個無救的輸者。但她沒有背叛自己，她達到了人格完善。她對處處想占她上風、占她便宜的人懷有的那份憐憫使她比他們優越、強大。我在這篇小說寫成之後才發現自己對善良的弱者的敬意。完全是無意識的，我給這個女孩取名為小漁，我提筆寫到第三個段落時，不假思索地把這個名字寫了上去：當時是想到一個海邊城市小家碧玉的形象。直到小說得獎後，我寫感言才意識到這名字的暗示。我們的思想產物原是被我們長期的情感積澱所控制，那個童年就喚起我那麼多感情的小人魚這一刻浮游上來，操縱了我。不止在那一篇〈得獎感言〉中，我提出這種「古典式的善良」。我提出它，做為弱者的宣言。

女性的美，在於她的溫柔，而溫柔出於善良，一個善良的靈魂使這個女性體現的溫柔是真實的，不是做態扭擺出來的。這樣的溫柔和莞爾一笑，千嬌百媚那類女性技巧一點關係也沒有，這種溫柔是從她每根汗毛孔裡滲出的，自然質樸到極至。溫柔是外化了的善良，美是外化了的溫柔。這樣的美是康德所說的「無目的、非功利的」。

悲劇在於這樣的溫柔和美往往使一個女人淪為輸者。歷史和現實中贏了的女性都是不善的，能打能鬧能作。我們當今社會更是如此，勤勞善良的女性一般要輸給那類絕不吃虧的女性。因此善良簡直就是不幸，就是女性成功的詛咒。那麼誰還需要善良？我曾經有一位極其善良的少年時代女友，那氣質中帶怯懦的美麗曾讓我感到那麼動人。現在一提到當年的善心善行時她會哈哈一笑，說：「那時我他媽怎麼那麼傻？」她認為現在她婚姻中、事業中的成功歸結於她割棄了善良。她常說：「我又不是Sucker！」看著她如此長進，大刀闊斧贏下財富和榮耀，那份錚錚響響的自信，我真懷疑自己對善良的謳歌是拉人類倒退，是阻止女人進步。

我想起美國已故女作家依德斯・沃頓(Edith Worton)說的「原始人並不天真，因為生存環境使他們狡詐、殘忍。」女性在人類文明的初期亦或許是不善的。她們要維護自己的孩子，要為自己和下一代的生存去和自然、野獸爭鬥，為一眼泉水不被別的部落占去而殺掉那發現泉水的人，為男性的鍾情能在自己身上逗留得長久些而殘害情敵。所有的手段都是生存的必須，善良會使她們從適者生存的大環境中淘汰，別人的生就是自己的亡。因此她們不可能善良。

善良或許是人們漸漸離開野蠻，漸漸與動物式的生存形式拉開距離時出現的。是宗教出現時人們發現了善良的美麗和價值。善良是標界在人和畜之間的第一個標識。女性在此時發現自己天生就有的惻隱之心。

然而文明發展到今天這一步，善良又在逐漸從女性心靈中蛻去。善良再次變得一文不值，連常常進教堂也不能使善良的價值回昇。女人在議論別人不幸時，無非想從此得到「我尚不至於此」的安慰。她們崇尚被尖利的鞋跟，被厚厚的化妝品、筆挺的西服武裝起來的女戰士，對輸給自己的人絕不心軟、絕不留情。看看報紙上、雜誌上、電視上有多少這樣的贏者。我一時發奇想：這是不是說明我們的生存環境又變得野蠻了呢？不要善良（我不是Sucker！）的女人們在某種程度返祖了呢？

以「少女小漁」，我祇是想對自己證實，她的善良我們曾經有過。

我很矛盾，愛著善良柔弱的人，又羨慕不善而剛強的人。

雌性之地

——長篇小說《雌性的草地》大陸再版後記

為《雌性的草地》寫後記，是我期盼的，真提起筆，卻又覺語塞。這個故事從它在我心裡萌生胚芽到今天，已經有二十多年了。離它第一次默默無聞的出世，也已近十年。最初讓我產生寫它的衝動是在一九七四年，我十六歲，隨軍隊歌舞團到了川、藏、陝、甘交界的一片大草地去演出。它就是一些年輕的紅軍永遠沒走出去的毛爾蓋和若爾蓋水草地。當時，成都軍區在這裡駐紮著兩個騎團和兩個軍馬場。軍馬場主要員工是成都和重慶的知青，過得卻是軍事化的生活。次年，我和另外兩個年長的搞舞蹈編導的戰友再次來到草地，想創作女孩子牧養軍馬的歌舞劇，因為成都軍區屆時在宣傳兩個軍馬場的「鐵姑娘牧馬班」。我被留在了牧馬班裡體驗生活，而另外兩個戰友因為高原反應而待在場部。牧馬班的女孩子們都很年輕，最大的也才二十歲，穿的軍裝是我們這些正規軍人穿剩的，叫「堪用品」，多半是救災時的空投物資。她們的皮靴大約是騎兵部隊的二手貨，又大又重，她們的步態就有了曠野的感覺。我當時的體重祇有八十多斤，卻騎著軍馬場場長的大馬，馬背要高過我的額了。現在想來，那匹大黑馬就等於草原上的一輛「伏爾加」，是首長把自己的特權讓給了我。牠像最好的軍人一樣，無條件地服從命令，站有站相，走有走相，最重要一點是，牠「跑得好」。跑得好不好是一匹馬的天性使然，就像天生節奏感強，四肢配合協調的人會成好的舞蹈者一樣。跑得好與劣的座騎之間，就是小臥車、吉普、拖拉機的差別。祇是大黑馬實在和我太不成比例，每回上馬，我都得撕扯住牠的長鬃，借助得自舞蹈訓練的彈跳力，連爬帶竄。一旦坐上那溫潤的皮革鞍子，頓時就地闊天寬，志大心高了。我就騎著這匹黑色的頓河馬在牧馬班住了二十來天，其間學會了識別野菜，用手捏餃子皮兒，或用手掌搓麵條。也體驗了野地裡如廁，四面八方轉著蹲身，自己給自己警戒。半夜，狼的叫聲遠遠的，很叫人心軟。女孩子們告訴我狼不是太禍害的，豺狗子卻更歹毒，會趴在馬屁股上掏馬腸子出來吃。這塊草地的自然環境是嚴酷的，每年祇有三天的無霜期，不是暴日就是暴風，女孩子們的臉全都結了層暗紅的硬痂。她們和幾百匹軍馬為伴，抵抗草原上各種各樣的危險：野獸、洪水、土著的游牧男人。

一九八六年，我專程到成都，找到了牧馬班的兩個骨幹成員。她們在談到近十年的牧馬生活時，情緒中有種壯烈的東西。她們並不像我見到的大部分軍墾農場的知青，充滿被別人愚弄的憤怒，或是打趣一切的玩世不恭。我看見她們穿著洗得發白的藍布工作服，胸前印著「安全生產」的字樣，頭髮已花白，面頰上被炎日灼傷的疤痂，已永久烙在她們的容貌上。其中一個是牧馬班的副班長，最後一個離開草地。她說車開到一些窪地時，看見許多大牲口的白骨被雨水沖到了那裡。她說著眼裡便有了淚。那些已變成壘壘白骨的軍馬是她不得不遺棄的光榮與夢想，是她不得不正視的被勾銷的一段年華。我在今天寫後記時再次回憶她的模樣，她那雙不大的眼睛有種奇特的單純。不知這樣的一個女性在今天會怎樣生活，可會感到尤其孤獨。

一九九二年，我因第二次在臺灣獲文學獎而被邀請訪臺。入境手續卻一直到九三年才獲准。九三年八月中旬，頒獎典禮已結束半年多了，我的到達似乎很踩不到板眼。當時《少女小漁》正要拍成電影，因而我也頗借光地在幾個主要大報上露臉，挺是幸運兒的樣子。爾雅出版公司的老板隱地先生剛出版了《少女小漁》，正在讀《雌性的草地》。剛回美國，就收到隱地先生的傳真，說：「……書還祇讀到一半，隱約感到它是一本奇書。」於是就決定出版了。九三年底，我便收到了《雌》的爾雅版，黑中滲綠的封面，一隻馬頭的巨大陰影。看來出版者對這片「雌性草地」的神秘與叵測、凶險與魅惑有一番揣測。

我的朋友陳沖讀完《雌》後對我說：「很性感！」我說：「啊?!」她說：「有的書是寫性的，但毫不性感；你這本書卻非常性感。」英文中的Sensuous不完全是性感的意思；是更近於感官的、更近於生理的一種審美活動，以區別閱讀帶給人的思維運動。把女性寫成雌性，這個容納是大得多，也本質得多了。雌性包涵女性的社會學層次的意義，但雌性更涵有的是生物學、生態學，以及人類學的意義。我一直在想陳沖說的「性感」，是不是指此。因為雌性的世界，是感性的世界，有著另一套準則，建造另一種文化，根柢便是感官、感知。我一向很在意陳沖的意見，她是個酷愛讀書的人，讀過許多好書，尤其當代西方文學。似乎是讀書的餘暇去做電影明星的。

這時是美國西海岸時間的早晨十點，我坐在白色的書桌前。桌上有中、英字典，幾十本正在讀和剛讀完的書與雜誌，還有稿紙、筆和幾種式樣、色彩的髮夾。窗簾是深綠的，窗外是松樹及美國蔚藍色的領空。而我在為二十多年前的一個衝動做著些歸納，為了不使它有太多的時過境遷之感。二十多年前的我，在那頂帳篷裡，嗅著牦牛奶煮稀粥的熱膻氣，毫沒有想到那一切都將成為一本書，在國內和國外出版。那時十六歲的我，醒來在芳草深處，第一眼看到自己白色的枕巾上，一排血紅的字：「將革命進行到底」。我很年輕很蒙昧的心裡，祇感覺到我和所有牧馬班女孩一樣，承諾了某個偉大的遺志，這承諾是必須以犧牲、獻身來兌現的。那時的我，絕想不到我會坐在一個美國中產階級之家的窗口，寧靜而淡泊地寫著這篇後記——那帳篷內二十個日夜竟有了如此的後果。那些馬、那些女孩，還有一塊塊印有「將革命進行到底」的雪白枕巾，都怎樣了呢？……

庸俗和壞品味

近幾年時常讀到中國大陸的作者在國外用英文寫的作品，多是號稱「真實故事」。是能看出一些真實，或許說，整個故事的似曾相識使我感到它基本是真實的（十年內亂全國人都有類似的經歷），但腔調卻令人非常不舒服。也就是作者講故事的腔調是失真的。也許是作者們用英文寫作，對語言的準確和分寸感無法控制，而形成了這種被語言駕馭的局面。這個失真的腔調大大降低了作品的品味。當然語言（英語）的劣勢祇是一個原因，另一個更重要的原因是，這些作者本身就是一個壞品味的統治的直接產品。這些作品大都是控訴這個統治的，然而作者們卻沒有意識到，這個統治的唯一成功就是灌輸給幾代人一副腦筋，而這副腦筋使他們把無論多真的話都講假了。無論多驚世駭俗的故事都被這腦筋的思維方式——極缺乏獨創性，失去獨立思考的思維方式弄得千篇一律，虛假而庸俗。

這使我想到兩個捷克作家，米蘭・昆德拉談到的"Kitsch"，以及前捷克總統、劇作家哈弗爾談到的“Bad Taste”。這兩個作家所指的「庸俗」和「壞品味」都是應該被廣義理解的。正因為這兩位作家的個人經歷和我上面提到的那些以英文寫作的大陸作者們相似，我才拿這兩位作家來做參照。

首先我們來玩味一下昆德拉所指的“Kitsch”。他在*The Unbearable Lightness of Being*（中譯為《生命中不可承受之輕》）中多次提到這個詞。與這個詞發生聯想的是社會主義「五一」大遊行的盛大場面，是對理想的空泛謳歌（抑或在理想破滅後對理想聲淚俱下的反控——那長長伸出的反控的食指）。昆德拉借他的藝術人物薩皮娜之口表白了他對“Kitsch”的深度剖析：任何主義、任何理想、任何先進或反動的哲學都應該被允許存在；它們作為它們本身存在並沒有罪惡，罪惡卻是任何一個人借它來統治人們的思想和感情。這種被某個個人利用、被庸俗化了的主義和理想是罪惡的。人往往在被灌輸進一種理想之後即刻放棄再次選擇理想的自由，放棄獨立思考的自由。人不願孤立，甚至拒絕思想和靈魂的孤立——這類孤立並不可視。因此，假如一種主義（比如：共產主義）被一些人灌輸給另一些人，在灌輸過程中煽動起一股盲目情感，這情感將比主義本身要有力量得多。這情感可以像野火一樣瞬間的蔓延，可以脫離它的火種——主義本身而蔓延下去。昆德拉所指的「庸俗」，我認為在於此。

一種主義可以是無機的，但它感染了人的思想情感，就變成了有機的。被感染了的思想情感再產生什麼樣的行為，也許與那主義已毫無關聯。馬克斯主義和大陸文革中的人的行為有多大關聯呢？毛澤東說：「馬克斯主義的道理千頭萬緒，歸根結柢就是一句話：造反有理。」凡是讀一點馬克斯主義的人也知道它絕對不可被歸根結柢為這樣一句話。然而毛澤東就這樣把馬克斯主義灌輸給了中國人。這個灌輸過程煽動起的情感是主義本身望塵莫及的。於是我們有了一系列可怖的場面：大煉鋼鐵、除四害，上百萬紅衛兵在天安門下哭喊，木偶般的樣板戲英雄人物，交白卷的黃帥，相互背叛、檢舉、說謊的全國人民。大陸很長一段時間是沒有真實時空的。人類文明對中國人是不存在的。人活在「信仰」營造的假設時空中。"Kitsch"登峰造極，使人進入一種類似的中世紀宗教情緒。

在毛澤東死後的一週裡，那大概是毛澤東主義所造成"Kitsch"的最後一次表現。那時我還在成都部隊，七天的舉國哀悼中，我們必須輪流守靈。每單位的禮堂都在一夜間變成了靈堂，所有人都要輪流守靈。當時我很羡慕一同守靈的幾個舞蹈演員，她們總是持續不斷的流淚、啜泣，有人很準確的在某重要首長進來獻花圈時開始流淚，或許她們並沒有佯裝悲哀，是真的悲從中來：國家和她自己都失去了一位家長，一位父親。她的淚水是為這與世長辭的慈父而流。但誰用父親這樣的倫理概念偷換了我們心目中的領袖概念呢？誰把一種正常的領袖和人民的關係轉變成這樣極端的不正常呢？這就是毛澤東統治以來，"Kitsch"潛移默化的感染功用。一個主義被庸俗化到這個程度，以致此主義的倡導人成了賜給我們生命的父親形象，這個主義達到了巔峰也是衰落在即了。毛澤東做為絕對偶像逝去了，由他煽起的情感是不可能轉移的。華國鋒誤認為這種情感可以被移植，結果他失敗了。因為他不懂得這已不再是主義，這已是情感；情感就必定有它固有的排斥性。毛澤東死去，他幾十年所培育的那種庸俗化情感卻不死，祇是人們絕不會將它給予另一位領袖，儘管他倡導同一個主義。

我說那種庸俗化情感不死，是說我們大陸中國人被培養的這種思維方式和情感方式，它們注定要給我們這樣一種把真故事講假的腔調。這腔調證實我們的非自然、造作、機會主義。在發覺我們的苦難可以出賣，可以贏來某種機會之時，大批的人開始向沒經歷這場苦難的美國人、西方人，展示苦難。美國人、西方人以他們的信仰（對立的信仰）來聽這些故事，以他們的信仰在他們情感中煽起的“Kitsch”來理解這些故事，於是聽故事者的同情和講故事者的悲愴都不真實。祇是“Kitsch”使他們都不意識到這一點。也許講故事者有所意識，但為了機會和實用目的他們就縱容了自己。也許意識到是一回事，糾正自己是另一回事。幾十年的情感培養，腔調早就定好了，即使作者有求實的意願，一開口音調就跑了。

這些中國人的故事引起了震撼。西方人對這些共產主義劫後餘生者充滿同情。無保留的同情心漸漸也氾濫起來，變得盲目，變成另一種情感失控。另一種“Kitsch”形成了。記得我有一個美國女同學在讀了一篇關於中國文革的故事後，同情得嘴也合不上，人也獃掉了，好久她才說：「共產黨太萬惡了！那國民黨呢？他們怎麼不管？」

我說：「國民黨撤退到臺灣去了呀！」

她說：「什麼時候？」

我說：「中國內戰之後啊！」

她想一會，又問：「為什麼？」

我說：「因為他們和共產黨是敵人啊！」

她又問：「為什麼？」

我突然想，你對中國這麼無知，你的同情對我們有多大價值呢？再進一步想，這份同情又有多少真實呢？假如是沒有理解做為基礎？

在我反思中國人情感中的"Kitsch"時，並不意味美國就不存在"Kitsch"。柯林頓關閉政府部門那些天，電視裡反覆出現他和一群小孩擁抱相依的鏡頭，表示他下如此命令節約政府行政開支是為了下一代的利益。那些總統和小朋友摟在一塊的鏡頭幾乎在每屆總統大選前都會出現，因為每個總統都明白孩子在美國人心目中的地位。取悅大人們最好的辦法就是去親一親、誇一誇他的孩子。愛孩子的本意最良好不過，但有了這些功利目的，整個圖景便顯得庸俗得令人發怵。我一看就想起了「毛主席和孩子們」、「金日成將軍與孩子們」之類的年畫或圖片，原來"Kitsch"不分人種，不論主義，處處存在。

回過頭來再看哈弗爾談到的「壞品味」。他認為統治者在生活中體現的低下品味在政治上便是糟糕的統治。他強調說這個「低下品味」是廣義上的。一個人在生活中的品味低下使他對美的東西極端痲木、遲鈍；對新生和獨創的東西（藝術品）敵視或缺乏寬容，這就使他缺乏人道主義者應具有的素質——對科學、進步、美好事物的本能嚮往。哈弗爾在接任時看見那座共產主義堡壘中充斥著品味低下或毫無品味的家具佈置，他頓時意識到做人和執政的品格（品味）實際是多麼緊密相聯的。這是我第一次聽見有人把人格和品味並論。我突然覺得哈弗爾的見地之獨到。

我們這些生在新中國、長在紅旗下的孩子們，從小就訓練自己不要去追求美的外表。這本來也沒有錯，但把我們培養成不分青紅皂白的去崇尚破舊的衣衫，粗糙的飯食的一代人，是殘酷的。因為我們的政黨編的教科書混淆了美和醜的概念，我們缺乏最基本的色彩觀（比如某些顏色在一起是相牴觸，某些卻和諧），缺乏起碼的審美觀。而對美的誤解很可能變成對倫理概念的誤解：貧困落後是樸素，樸素是美；那麼背叛「資產階級」的父親便是勇敢，勇敢也是美。於是物質之美與醜的觀念混淆終究導致了倫理道德之美與醜的觀念混淆。記得周恩來、朱德逝世後，都展出了他們生前穿的打補帄的衣服、鞋子，有的鞋子之破舊到了令人心酸的地步。中國人認為那便是領袖之美，並不追究他生前真實的私生活，也不追究他作為領袖的功過，他的學識和智慧。破舊的衣帽、鞋子是他勤政愛民的縮寫。似乎這位領袖穿一生破鞋子，他的人民沒鞋子穿也就不該發怨言了。當時的我就沒有想到這是領袖們的一個姿態。一個絕不真絕不美的造作姿態。

從領袖們如此的「審美觀」，我們自然也學會了偽善和撒謊。已經不必撒謊了，但是改不掉，那種腔調已進入我們的思想、感情、靈魂。對自己同胞用那股腔調已經找不到同情了，那麼就去對西方人去講，用英文講，陳腔濫調也就顯出點新意，顯出點異國情調來了。

昆德拉的“Kitsch”和哈弗爾“Bad Taste”似乎講的是同一事物的兩個不同階段：首先是審美能力（包括道德倫理的審美）的喪失，然後去為一個並不美的事業殉道，去狂熱，去謳歌。政治、國制可以變，而庸俗情感和低下品味僅是變個形式活下去：中國人正在海內海外唱卡拉ＯＫ，喝上萬元的ＸＯ，正像從前醜陋的展露貧窮，現在我們以最缺乏想像力的方式，醜陋的展示財富。

我有時真切的想用英文講個故事。我當然是揀西方人愛聽的講。可我發現他們已習慣聽某類故事，某種講法。我還發現我在講時想譁眾取寵的渴望。我的真切突然不見了。我突然捉住自己的口不由心。我也在用那股不真實的腔調嗎?誰該對這現象負責——講故事的,還是聽故事的?

誰該對中國文學在世界文學中無啥地位負責呢?

南京雜感

——寫在「南京大屠殺」六十週年祭

母親去世後的第八天，我已在南京夫子廟狀元樓酒店的會議大廳裡了。這裡是「南京大屠殺歷史學術國際研討會」的會場。我似乎急於要從令我喘不出氣來的悲哀中走出來，或說，是想藉集體性的祭奠來疏導自己個體性的悲哀。母親恰是南京人，一九三七年歲尾的那場大屠殺發生的時候，她祇有四歲，並不記得什麼，因此我是從未聽她講到哪怕是極不可靠的一點印象。例如外婆在世時，常念叨「跑反」或是「跑鬼子反」，想必指的就是逃避這場浩劫吧。

我早就聽說了這個大會，還聽說一些日本人也會來參加。我祇是把會議日期記得很牢，並不知道會址。八月十二日這天，兩位《南京日報》的記者來為我做一個專題採訪，談的都是我近年的寫作。我忽然想到，一場重大的國際會議，對於記者們，一定是個頂熱門的選題。

於是我問他們是否知道會址所在，他們相互看一眼，回答說：「不知道有這個會議啊。」我說：「這麼大的事——尤其對南京人，你們怎麼會不知道？我的朋友大老遠從美國回來參加呢！」看見我一臉的不可思議，他們略帶慚愧地解釋，因為報社有各種分工，也許這不屬於他們的分工範疇。我「哦」了一聲，表示認同他們解釋的合理性。但我面孔上的困惑一時消散不去。兩位記者都十分年輕，舉止言談以及穿戴都還是十足的校園氣。對於他們，生活中有太多更為貼切的選題。已作史的事物，再重大，也難引起他們的激情了。早些天，我託了一些親眷去打聽會址，最有成果的消息是：有座紀念館在江東門，到了那裡可能就找到這個國際性大會會址了。

江東門我不止一次在有關南京大屠殺的各種文獻中讀到過。它是當時集體屠殺的地點之一。我問親戚們，可知道去紀念館的路怎麼走。他們都說沒去過。南京可供他們度週末的地方太多了，玄武湖、莫愁湖、燕子磯、夫子廟……，他們和全國的人一樣，正從人人平等的貧困中起飛，正忙碌於家庭的建設，比如裝潢修飾他們很有限的生存空間。至於參觀一場發生在六十年前的大屠殺，他們不具備亦不需要這番心情。這場震驚世界上所有民族的浩劫，對於他們已變得遙遠而抽象；它的存在，祇是一個歷史符號。假如我沒有出國，或許也不會和他們有太大區別，也會呵護好剛得到的這點機會和權利，抓緊時間營造和改善自己的實際生活。想想看，上下五千年，我們有過多少太平無事的片刻容我們沉耽於小康之樂呢？其實我們祖祖輩輩的夢想，並不是任何大得不著邊際的主義，而是泥土般扎實的「二畝地、一頭牛，老婆孩子熱炕頭」。僅這點，我們祖祖輩輩念叨至今，卻少有實現的時候。假如我今天仍居住在祖國本土的一隅，就輪不到我來感嘆人們對歷史的淡漠了。

我終於得到大會的會址了。我的朋友史詠專程從芝加哥趕到南京，在開會的當天早晨給我打了電話。史詠近年來常常往返於南京和芝加哥之間，為他出版的大型圖片冊《南京大屠殺》增補資料。當我捧起這冊大書時，它的份量和質量使我不禁想到他近年來每天十二小時的勞作，也不禁會想他的這份良知和激情若有傳染性就好了。

到了會場已九點多，會議已開始了。廳是很堂皇寬敞的廳，主席臺上方有幅橫欄寫著大會的名稱，左右各有兩條木匾，是副對聯，屬於大廳原本的裝飾。我聽著中日雙方學者的發言，不自覺地研析起這兩行以篆書刻在木牌上的對聯來。上聯：一張琴半壺酒，下聯：二尺劍萬卷書。字跡是深綠，篆刻在深赭色的木質上，顯得頗古雅。與「南京大屠殺歷史學術國際研討會」的橫披當然是各說各的。那麼，這副對子要說的，或要喻示的是什麼呢？無非是一種境界，一種瀟灑、簡樸、不無美好的生活趣味，一幅象徵太平和睦、高雅淡泊的靜物圖景，一分對於素淨寧靜的人生的嚮往。

那把劍是供你去舞，而不是供你去征戰的，與六十年前日本軍人手裡使我們同胞身首異處的那把毫無相同意義。對聯的十二個字告訴人們：就這些了；這就是我所要的全部。正如我表妹和其他的南京親戚們，他們一塊泥一根草地在重重廢墟之上，搭建他們一份理想與溫馨，我難道可以伸著怪罪的食指說：「該醒醒了——你們也是南京人！」他們也祇要那一點，雖不如對聯所提示的那般清雅，但他們也祇要廢墟與廢墟間那個空隙，容他們耕一耕僅僅兩畝的田園，容他們幾季收穫，容他們片刻的豐足。我也是他們中的一員，有著與他們相同的、貫穿世代的集體潛意識，那就是：趁著天好，能得多少收成就得多少吧；誰知明天會怎樣。我們不得不學會眼光短淺、及時行樂，不得不如此健忘和無限度的寬容，我們要抓緊時間過幾天好日子，因為集體潛意識暗示我們：這些好日子是賺來的；從內憂外患、從外族鐵蹄、從自相殘殺中賺來的。

我怎麼可以對兩位記者拿出怪罪的腔調呢？

會議之間，我走出狀元樓酒店，步入熱鬧的夫子廟街市。人真稠密，終日像劇院剛散了戲。夫子廟在三七年歲末也被燒成一片廢墟，也有過橫屍遍地的冷清。現在的房院街道以及喧譁人聲是從那殘垣上和冷清上重建的。據說文化大革命期間，它又經歷一次摧毀，現在的一切是一劫再劫之餘生了。能走在這樣熱鬧安全的街道上，我應感到幸之又幸。

望著迎面而來的面孔，數不清的面孔，我不由地猜想，這當中的誰是倖存者或倖存者的後代呢？他們可知道這座豪華酒店裡正在開著一個什麼會議？可知道一些人萬里迢迢的來了，為了一筆幾乎被勾消的重大血債，而他們正是血債的債主？他們對那個修得草率並字跡斑剝的草鞋峽遇難者紀念碑可有想法？……

三天的會議結束後，來了一批日本的高中生。他們將和南京市的高中生一塊度過一個夏令營，以紀念南京大屠殺的遇難者。我看見這兩個民族的青春如此融為一體，如此地反襯著日本國內對大屠殺持否認態度的人們，以及中國對此麻木不仁的同胞們。這是個令人欣慰又令人苦楚的反襯。內心深處的和解最終會在兩個民族之間達成，卻不再是稀里糊塗的和解。我這樣想著，乘坐的一輛Taxi被突然攔截在狀元樓一側的路口。攔車的是兩個穿白襯衫繫領帶的年輕人。他們冷峻的面孔告訴我，他們是在執行公務，我問此處不可走，哪裡可以通行。他們說任何計程車都不允許接近狀元樓，因為有一批日本中學生住在此地。

「你們知道這批日本中學生是來幹什麼的嗎？」我問，頓時覺得好笑又可憎。

兩人說他們並不清楚，祇是執行上級命令。

我說：「他們是來哀悼南京大屠殺的三十五萬遇難中國人的。」

他們沒有搞清這個消息和他們執行公務有什麼相干。

我很想再問他們一句，「你們知道那三十五萬南京人是誰殺的嗎？」但我控制了自己的尖刻。鬧到最終他們也沒放我的計程車過去，我祇得拎著沉重的行李在炎熱中走到酒店門口，那兒停著大轎車和小轎車，是會議用來送與會代表去機場的。

最後的這個小插曲又使我想到很多。在世界上，我們的民族大概屬於災難最深的民族之一。經歷這麼多災難卻仍然能保持如此之高的人口基數。似乎每個災難深重的民族，都有高於其他民族的人口基數。似乎愈經摧殘，人丁愈旺；愈是戰爭、饑荒、貧窮，愈是生養繁衍得不可收拾。於是就有了「中國人是殺不完的！」這樣一句豪言壯語。也就有了「砍頭祇當風吹帽」、「殺人不過頭點地」之類的對殘忍的浪漫化接受。這些統統成了我們善良、寬容的組成部分。有人說，德國人因殺猶太人而真誠懺悔了，日本人為什麼連錯也不認？德國人的懺悔，是跟猶太人認真、負責的對待歷史的態度分不開的。也就是說，要想結清一筆債務，債權人和負債者雙方都必須認真、負責，必須合作。而「砍頭祇當風吹帽」之類的浪漫語言，不可能不影響我們民族對生命價值的態度，即而影響對於生命權利（人權）的態度。假如我們對於自己的生命價值都如此不珍視，抑或過份慷慨，我們又能到哪裡去討人權呢？

從魔幻說起

——在Williams College演講之中文版

試著想像一下：一八六〇—七〇年的舊金山，通常在馬路上出現的總是新面孔，一些遠航而來的海員，一念之差便決定留在陸地，中止航海生涯；而嚴重缺員的各艘郵輪或貨輪不得不以綁架為手段，將一些當地的、並無航海經驗的青、壯年，抑或老年男子擄上船，迫使他們開始苦役般的航海生涯。在那時的字典裡，上海(Shanghai)是個動詞，就是指這類被迫的、遙遙無期的，甚至有去無歸的遠航。上海這個地名，也曾像中國一樣，代表最遠最陌生的目的地。

再想像一下：這座粗略搭建的離太平洋最近的城市，擠滿各種族的人——以男人為主，人們從各方向、各國度撲來，因為Mr. Sutter在一八四八年宣佈：此地有黃金。趕來淘金的人們來得太急，把秩序、道德、政治、宗教，連同他們的真實身份，或好或壞的名聲，以及他們或大或小的犯罪紀錄一併留在身後。這些人甚至是從不洗衣服的，因為僅有的幾家中國洗衣店沒有足夠的勞力，必須把成船的髒衣服航運到中國，洗畢熨就，再運回來至少也需三個月，而三個月後這些衣服多數成了無主的了；一些人失蹤了，一些人離去了，一些人改名更姓了，一些人乾脆停止了存在。因此中國洗衣店老闆們通常祇得把無人認領的衣服挑往當鋪。到處是當鋪，那裡有無數來歷不明的珍寶和垃圾，那裡是物資循環和資金周轉的樞紐。

再想像一下：這個男人的城市裡最先出現的女人們，她們不是隨自己的丈夫和家庭來的，她們同樣有一番歷險的抱負。既然男人們把宗教、道德都遠遠留在故鄉，那麼有關娼妓的概念，也未被他們隨身帶來，因此當一個美麗的娼妓穿行於鬧市，人們都停下無論多忙亂的腳步和動作，向她行注目禮，有人竟優雅的微微掀起禮帽，彷彿他們並不清楚伯爵夫人和娼妓的區別是什麼。

這就是人們稱之為Barbary Coast的北部加州 。這就是我小說的女主角扶桑的生態環境。那樣的生態環境不像真實的，而近乎魔幻現實主義式的(Surrealistic)，因此在這裡找金子的同時，更是在尋找Fantasy（魔幻）。

請再進一步設想：在這樣一塊充滿魔幻(Fantasy)的土地上，出現了一群梳長辮子的男人和裹小足的女人。他們是遠涉重洋而來，以一根扁擔挑著全部家當，在城市的東北角落建立起一種迥然不同的生活方式。他們沒有教堂，因此這些矮小單薄的黃面孔人被稱為男異教徒或女異教徒(He Heathen or She Heathen)。這些有著三寸金蓮的中國女人都是娼妓。因為美國當時的移民法不允許中國男人攜帶妻子入境，中國社會便將大量的中國女人走私入境。唐人街是以它的洗衣店、煙館、飯館、妓館形成它最初的規模。這些步態扭捏的年輕東方女子使這個滿是Fantasy的城市又添一層Fantasy。不難想像那些白種男童第一次見到這些中國娼妓的情形。在一些史料中，記載著一八七〇年代，政府對八歲至十四歲的白種男童進行了普查，發現其中有兩千多人與中國妓女有染，多數男孩是從中國妓女那兒初次得到性經驗的，這些男孩對中國妓女的喜好，是因為她們屬於遙遠、陌生的另一個世界，故而她們便顯得新奇。他們對中國女子的造訪，彷彿實現了他們到遙遠國度探險和旅行的夢想。正如這些男童，整個城市對於這種漂洋過海而來的文化不能夠懂得，祇能猜測。在舊金山東北角落逐漸形成的唐人街對於西方人來說是個謎，是個疑團。他們自閉的社會結構，自給自足的飲食起居，奇特的衣著和裝飾，使人們好奇同時亦疑惑，欲接近卻又排斥。

試想：二千多白種男童與比他們成熟的中國妓女之間，那不可理喻的情感和肉體的糾葛，不正是一種象徵？象徵東、西方的第一次盛大的幽會；抑或盛大的媾合，彼此都把對方看成謎，彼此都由於無成見而帶著天真或幾分真誠，彼此都由於語言的溝通受阻而變得極原本、原始，變得相當「人之初」。Fantasy使他們迷戀這些中國女性，Fantasy使他們不求甚解的接受她們。當然，如此龐大的男童嫖中國妓女的陣勢，其形成原因之一（恐怕也是最重要的原因），是中國妓女的廉價。男童們能以學間午餐的費用，或犧牲棒棒糖的開銷，來滿足他們的Fantasy。

這是一次盛大而荒誕的東、西方的初級會晤。

這是我在做史料準備時最感興趣的一點。

極其偶然的一個機會，我步入舊金山唐人街的歷史陳列館。在此之前我對上世紀的中國移民所遭遇的一切不公正——驅趕、迫害、毆打、殺害，祇有最粗淺的知識。中國人喜歡用「血淚史」來形容此類歷史，或者「血淚斑斑」等詞彙。經過「文化大革命」，我對這類詞彙頗不以為然，大概「文革」後各種控訴、各種失真和煽情的腔調讓我聽怕了。我覺得「血淚史」之類的詞裡含有的庸俗和濫情，是我想迴避的。我覺得越是控訴得聲淚俱下，事後越會忘卻得快，忘卻得乾淨。因為情緒鋪張的宣洩之後，感官舒服之後，是很少有理性昇華的。而缺乏理性認識的歷史，再「血淚斑斑」也不會使自己民族及其他民族引以為證，引以為誡。缺乏理性思考的歷史，無論怎樣悲慘沉重，也不可能產生好的文學。

我在唐人街的歷史陳列館裡，避開「血淚」之類的形容詞，瀏覽著展品、圖片，裡面僅有的參觀者就是我。這或許和它的地勢有關——它低於地面，須下六、七層臺階才能進入展室正門，是間地下室，埋沒在金融區大廈的陰影中，無論誰路過此地，都會忽略它。我在一本圖片冊裡看到一幀照片，尺寸有整個畫冊那麼大，因此照片中的女子看去十分逼真；從神態到姿態，從髮飾到衣裙質地，甚至那長裙下若隱若現的三寸金蓮。這是一八八〇年代的一個中國妓女，十分年輕美麗，也高大成熟，背景上有些駐足觀賞她的男人們，而她的神情卻表示了對此類關注的習慣。她微垂眼瞼，緊抿嘴唇，含一絲慚愧和羞澀，還有一點兒奴僕般的溫良謙卑，是那盛服掩不住的。我端著這張大照片看了很久，她對我突然產生了謎一般的吸引力(Fantasy)。

這個端莊、凝重、面無風情的妓女形象就是我後來創作扶桑的雛形。

可以說美國人與中國人的衝突與照片上美麗的中國妓女不無關聯，美國人對中國人的排斥和迫害的原因之一，就是中國把大批如扶桑的女奴輸入美國。儘管「西方」的娼妓也隨淘金浪潮大批湧向美國西海岸，但由於種族文化上的認同感，她們並沒有引起公眾的太大惡感。而最初引起西方Fantasy的中國女性，她們人為製造的畸形的小腳，使人們推演到中國人的畸形，中國文化中的頹廢、殘忍、病態、自虐及相虐，由此斷定：「中國人從宗教（異教徒）到文化，從身體構造到精神心理結構上，都不可取。……」都是等而下之的人種。甚至連傑克・倫敦這樣傾向左翼、自認為「自由思想者」的文學家，也對中國人表示憎惡，並發表了不能與之共存的公開言論。這類藉科學名義來合理化種族歧視的文章，當時常見於舊金山重要報刊，並通常伴有嘲弄和醜化中國人的漫畫。這類以民族、文化的差異來分別種族優、劣的論調，很容易讓我聯想到納粹對猶太人的「生理分析」、日本在建立亞洲共榮圈時的理論依據。在美國人與印第安人征戰時，Fantasy從始至終產生著相吸和相斥的力量。

Fantasy的力量從來就是雙方向的，一端導致恨，一端導致愛。在扶桑的故事中，我想講的就是恨與愛、仇與情因Fantasy而變幻莫測。這裡也可借用弗洛依德的學說：「人往往渴望得到他懼怕的東西。」反之，人往往懼怕和憎惡他潛意識中秘密渴求的對象。假如沒有與恐懼、排斥並蒂而生的迷戀、愛慕，也就不存在Fantasy；沒有Fantasy，就沒有神話、文學、科學的幻想、假定與發明。也就沒有我筆下的扶桑，以及扶桑和克里斯跨越世紀，貫穿美國西部開發史的愛情。

當一個人以揭露性的口吻對我說：「啊，你有White Fantasy，所以你會去和一個美國人結婚！」我承認我有White Fantasy，也確實由於這Fantasy，我對我丈夫的所有陌生行為和語言，以及形象上的差異，懷有濃厚的興趣，有了解他的強烈欲望。與他的接近，我從來未能擺脫輕微的心悸。這心悸很不具體，它有時是由於我們溝通的稍許錯位，有時是由於彼此的所得非所期。這輕微的心悸使我們敏感，尤其使我的自覺意識(Consciousness)始終處於相當的高度。這或許不是一個幸福婚姻的要素，卻是一個不乏味的婚姻所必須具備的因素。因此我對“White Fantasy”的指控是誠實接受的。我不僅有White Fantasy，而且有Tibet Fantasy, Black Fantasy, India Fantasy, Maya Fantasy。……我對妓女、死刑犯、同性戀、強姦都有不同程度的Fantasy，一切對於我形成謎，離我足夠遙遠，與我有著懸殊的差異的人物事物，都是我的Fantasy。

兩年前出版的《南京大屠殺》大型圖片冊中，我讀到大主教杜圖為其寫的前言，他說：「我相信人類本性中有一種缺陷，……這種人性缺陷的基礎在於無度的強調人們生理上的、人體特點上的與文化上的差異，將他人的存在貶為毫無價值，又詆毀為異己、恐懼的對象。對他人的恐懼是種族衝突的根源。人類本性中這個弱點不僅在受害者身上而且也在施暴作惡者身上頻繁的表現出來並釀成浩劫。」

在我的《扶桑》中，我創造了妓女扶桑和小男孩克里斯的愛情，它是兩千多男童與三千中國妓女的關係的縮影。這個劃時代的東、西方幽會對於我，是個謎。是令我興奮、激動、浮想連篇的Fantasy。它說明什麼?我似乎在寫作《扶桑》的過程中已得到解答；又似乎在將故事綿綿展開時，將兩人的命運線順理到末尾時，我更困惑了。那個時代民族間的困惑直延伸到今天。

是的，小男孩與中國妓女的關係在當時也是一個謎。大部分的男童由於頻繁接觸中國妓女而染上性病，這便成了當時社會最大的謎。當時正在建立的輿論界和教育界以及宗教界，都認為這是舊金山最大的醜聞，最可怖的社會病。這不可解釋的謎使Fantasy的負面力量出現了：連同其他一切種族和政治上的原因，美國人對中國人的驅趕、謀殺從此加劇和公開化了。任何一個政客可以以他對中國人的排除手段來爭取選票。一八七〇年代，由當時的工會領袖Keurny組織的八千人的示威，向政府請願，要將中國人徹底驅逐。這場示威不可避免的最終成了一場對唐人街的洗劫。示威者對中國人提出的罪狀中包括：用扁擔挑貨物、用嘴噴水熨衣、食五穀雜糧和莫名其妙的各種菜蔬、男人梳辮子……等等。Fantasy最終是以縱火、毆打、殺害、強姦來滿足了。

扶桑和克里斯的愛情祇能是悲劇了。一個古老東方的成熟女子和一個年輕民族的男孩之間的嚮往卻長久存在下來了。存在於每個中國人和美國人的一瞥目光的碰擊，存在於他們超於語言、超於文化的會心一笑，存在於他們的時而理解時而誤會，存在於他們最終的無條件接受彼此的差異，接受這差異帶來的樂趣和痛苦。

從"Rape"一詞開始的聯想

——*The Rape of Nanking*讀書心得

一九九五年末，我的朋友史詠給我寄來了一本很大的書，他編輯並出版的一本圖片冊，紀念「南京大屠殺」的。這確是一本大書，其中刊出四百多幀照片，多是從美國、德國、日本的檔案中搜集的，還有小部分，則是日本軍人的私人收藏。我的第一感覺是這書的沉重，它的精神和物質的份量都是我難以承受的。書的英文名叫作*The Rape of Nanking—An Undeniable History in Photographs*。我立刻注意到這裡的用詞是"Rape"（強姦），區別於中文的「大屠殺」。對這個悲慘的歷史事件，國際史學家們寧可稱它為「大強姦」，然而強姦僅是整個罪惡的一個支端。卻恰是這個貌似片面的稱謂，引起了我的全面思考。顯然，那個迄今已發生了六十年的悲劇中的一部分——強姦，是最為刺痛東西方學者和社會良知的，是更值得強調而進入永恆記載的。在「南京大屠殺」期間，有八萬中國女性被強暴，與三十五萬遇難者的總數相比，占稍大於四分之一的比例。但"Rape"卻包涵更深、更廣意味上的殘殺。若說屠殺祇是對肉體（物質生命）的消滅，以及通過屠殺來進行征服，那麼"Rape"則是以首先消滅人之尊嚴、淩遲人之意志為形式來殘害人的肉體與心靈（物質與精神的雙重生命）。並且，這個悲慘的大事件在它發生後的六十年中，始終被否認、篡改或忽略，從抽象意義上來說，它是一段繼續在被淩辱、被殘害的歷史。那八萬名被施暴的女性，則是這段歷史的象徵。她們即便虎口餘生，也將對她們的重創啞口，正如歷史對「南京大屠殺」至今的啞口。"Rape"在此便顯出了它的多重的、更為痛苦的含意。因為人類歷史的真實，是屢屢遭"Rape"的。

今年八月，我出席了在南京舉行的「南京大屠殺歷史學術國際研討會」，會上得知日本對此段歷史所持的三種學說：一是徹底否認此事件的存在，認為它是由中國人或其他國人編造來誣陷日本的；二是粉飾事態，把一場有組織、有預謀的大型屠殺說成是處理戰俘時的失控，而整個屠殺量僅在幾千人；三是承認並懺悔這場屠殺。在持前兩種說法的人那裡，歷史仍是柔弱可欺，可被任意辱沒的俘獲品。

The Rape of Nanking 一書中，編者們把這場持續六星期之久的大屠城以「屠殺」、「強姦」、「搶劫」、「縱火」等罪惡形式來分章。所有的圖片解說都有著學者式的客觀，以調動人

的理性為原則。儘管如此，我仍是缺乏那股冷靜的力量，將它一口氣讀完。坦率地說，我花了一年多時間才完成了閱讀。圖片那地獄似的殘酷，使我一次又一次虛弱得看不下去。再次捧起它來時，往往是數週以後了。閱讀間斷最長的，是我讀到「強姦」的章節。一些被輪姦後的中國女性，被迫暴露私處，有的被迫以自己的手將下體無遺展露。看到此我渾身冷汗，似乎感到那恐怖與我並沒有六十年的間隔，甚至覺得被糟蹋也不止那一代的南京女性。即使日軍士兵當時的行為是由人向獸的一個偶然退化，那麼事後將此邪惡攝入相機，並長久地私藏下來，我不能想像，是怎樣生性殘忍、暴虐的人才能在理性恢復後還坦然正視自己曾犯下的罪惡！因此我懷疑那暴虐是信仰所至，也就是植根於理念的。

在我翻閱這部大型圖片冊時，我總是不斷翻回到杜圖大主教(Desmond M. Tutu)為此圖片冊寫的序言：「人類相互之間殘暴行為的惡性發展看來是無止境的。……我相信人類本性中有一種缺陷，若任其自由放縱，那麼這種缺陷會在人們之間引起猜疑、疏遠和迫害，甚至導致作為『最終解決方式』的種族滅絕行為。」

*The Rape of Nanking*讓我看到，六十年前發生在南京的悲慘一幕，離杜圖大主教所指的「最終解決方式的種族滅絕行為」並非很遠了。我甚至認為，更為可怕的是那種「滅絕行為」中的理念基礎，是那種把某個信條發展到極至從而歇斯底里的精神因素。這不幸是日本民族本

質中的一個缺陷。更不幸的是，六十年來，他們中的一部分人並沒有摒棄六十年前的信條，正是這信條使他們否認當時南京發生的一切，拒絕對那一切承負任何責任。

我試著設想這本書傳到當年的肇事者那裡，他們將會如何反應。書的編輯者以史學者及社會科學者的立足高度，對每一樁陳述做出求證。其中沒有控訴情緒，卻有一種「歷史不容強姦」的鎮定和沉著。我想，這本書僅是第一步，它僅為包括中國人、日本人在內的人類提供了大量線索，而真正的、普遍的對於*The Rape of Nanking*的反省與思考尚待開始。猶太民族數十年來嘔心瀝血，以詳盡的宣傳、報導來雪恥對他們民族的大屠殺，出版了無數的書籍、紀念冊，製作了無數紀錄片、故事片，寫進了各種教科書。猶太人的這種對自己民族及人類負責任的態度，從此終止了有史以來世界對猶太民族的公然歧視。而中華民族也是世界上受外族侵害最深的民族之一。因此，雪恥被"Rape"的南京，以及雪恥被"Rape"的歷史將恢復的是人類文明必不可少的公理。

我注意到自己在這篇文章的寫作中用英文的"Rape"取代中文的「強姦」。自然是因為英文對我不具有中文那樣直接的刺傷力。中文的「強姦」二字給我的痛苦——這痛苦多半來自屈辱，是我無法迴避的。由此想到我之所以一再延遲對*The Rape of Nanking*的了解，是我在逃遁這含有深深屈辱的痛苦。記得我的長篇小說《扶桑》問世後，有的讀者讀到書中描寫早期中國移民所遭受美國人欺辱時，感覺到不適。我們即使有過尊嚴遭踐踏的歷史，最好還是被忘卻，最好我們自己也不要提醒。不提醒、忘卻，似乎那段歷史便不復存在。如峨嵋山那幅著名的對聯所說「天下事了猶未了，何妨於不了了之」。它在某種程度上代表了中國人的處世哲學。寬厚和渾沌同時是美德亦是弱點，同時是消極亦是積極。而「不了了之」是對後世不負責的態度。正如大主教杜圖在*Rape*一書的前言中所說：「無視歷史真相是一種不負責任的犯罪，至少是對後世心靈的嚴重損害。」

就在我寫此文章前夕，我又收到史詠寄來的*The Rape of Nanking*的增補本。增補部分是他在參加「南京大屠殺歷史學術國際研討會」之後搜集的鑒證性文獻。其中一部分是日本軍隊在屠殺過程中的極密電報，還有的就是各宗教埋屍組織的紀錄，最難得的，是一些日軍官兵的戰地日記。方方面面的證據全呈出了，對於歷史真實的強姦，必得終結於此。然而報復並不是*Rape*一書著者們的企圖。一切追究的終結是出於那心願——和解。這就是為什麼書中不見以牙還牙的情感煽動和民族主義的召喚。書的著者們是不屑於民族主義立場的，他們試圖讓歷史自身來求證和批判。

杜圖大主教在*Rape*一書的前言的最後部分說：「為促使作惡者認罪並尋求和解，有必要使人們了解發生在南京的事實真相。我們祇能原諒我們所了解的事物，而沒有原諒的和解是不可能的。」

這裡我們看到大主教堅實的邏輯，即：了解真相—原諒—和解。因此，讓世界和我們自己了解真相是第一步。了解痛苦和屈辱的真相是不堪忍受的，然而對這長達六十年的"Rape"，它是唯一的了斷方式。

主流與邊緣

——寫在長篇小說《扶桑》獲獎之後

我總想給讀者講一個好聽的故事。好聽的故事該有精彩的情節，有出奇不意的發展，一個意外接一個意外，最主要的是通過所有的衝突，一個個人物活起來了，讀者們與這些人物漸漸相處得難捨難分，因他們產生了愛、憎、憐、惡。

我又總是瞧不起僅僅講好聽故事的作者。他們使我想起文學的最初級形態：說唱文學。我總是希望我所講的好聽的故事不祇是現象；所有現象都能成為讀者探向其本質的窺口。所有人物的行為都祇是一條了解此人物的秘徑，而條條秘徑都該通向一個個深不可測的人格的秘密。誰都弄不清自己的人格中容納了多少未知的素質——秘密的素質，不到特定環境它不會甦醒，一躍而現於人的行為表層。正因為人在非常環境中會有層出不窮的意外行為，而所有行為都折射出人格最深處不可看透的秘密，我們才需要小說。人的多變、反覆無常是小說的魅力所在。

於是，我又總在尋找這個「特定環境」，以給我的人物充分的表演空間。將他們從特定環境中摘出，我們或許永遠不會有機會發現他們的人格中有那麼豐富的潛藏，那麼深遠、神秘。如維吉尼亞·吳爾芙(Virginia Woolf)說的：「走向人內心的路，永遠比走向外部世界要漫長得多。」

這樣一個特定環境：一群瘦小的東方人，從泊於十九世紀的美國西海岸的一艘艘木船上走下來，不遠萬里，祇因為聽說這片陌生國土藏有金子，他們拖著長辮，戴著竹斗笠，一根扁擔肩起全部家當。他們中極偶然的會有一個、兩個女人，拳頭大的腳上套著繡鞋。這樣的一群人和整個美國社會差異之大，是可以想見的。這就是我為扶桑、克里斯、大勇找著的特定環境。

這是兩種文化誰吞沒誰、誰消化誰的特定環境。任何人物、任何故事放進這個環境中決不可能僅僅是故事本身。由於差異，由於對差異的意識，我們最早踏上這塊國土的先輩不可能不產生一種奇特的自我知覺；別人沒有辮子，因此他們對自己的辮子始終有著最敏銳、脆弱的感知。在美國人以剪辮子做為欺凌、侮辱方式時，他們感到的疼痛是超乎肉體的。再有，美國警察在逮捕中國人後總以革去辮子來給予精神上的懲罰。這種象徵性的懲罰使被捕的人甚至不能徹底回歸於自己的同類。因此，辮子簡直就成了露於肉體之外的，最先感知冷暖、痛癢的一束赤裸裸的神經！在如此的敏感程度下，人對世界的認識不可能客觀，不可能「正常」。任何事物在他們心理上激起的反應，不可能不被誇大、變形。人的那些原本會永遠沉睡的本性不可能不被驚動，從而給人們一些超常的、難以理喻的行為。對自身、對世界失常的認識，該是文學的緣起。

已不再是好聽的故事了。不僅僅是了。人物內在的戲劇性遠大於外在了，因為那高倍數的敏感。移民，這個特定環境把這種奇特的敏感誘發出來。

這一脈相承的敏感，也蠕動在我們身上——我們排行第五代移民。

為什麼老是說移民文學是邊緣文學呢？文學是人學，這是句Cliche。任何能讓文學家了解人學的環境、事件、生命形態都應被平等地看待，而不分主流、邊緣。文學從不歧視它生存的地方，文學也從不選擇它生根繁盛的土壤。有人的地方，有人之痛苦的地方，就是產生文學正宗的地方。有中國人的地方，就應該生發正宗的、主流的中國文學。

有多少作家是在離開鄉土後，在飄泊過程中變得更加優秀了？康拉德(Joseph Conrad)、那布可夫(Vladimir Nabokov)、昆德拉(Milan Kundera)、伊莎貝拉・阿言德(Isabel Auendene)……他們有的寫移民後的生活，即便是寫曾經在祖國的生活，也由於添了那層敏感而使作品添了深度和廣度，添了一層與世界、其他民族和語言共通的襟懷。他們的故事和人物走出了俄羅斯、布拉格的格局，把俄羅斯、布拉格蔓延成了美國人的、中國人的、全人類的俄羅斯、布拉格。這是移民生活給他們視角和思考的決定性的拓展與深化。

我不同意把移民文學叫作邊緣文學。要想有力地駁斥，我似乎得拿出比《扶桑》、《海那邊》、《少女小漁》、〈女房東〉更有力量的作品來。北京的一位電影導演黃建中對我說：「《扶桑》是我生活經驗和美學經驗之外的東西。我從沒想到人可以從那樣不同的角度去理解和欣賞。所以我覺得它那麼好看，覺得耳目一新。」正是因為一百五十年的華人移民史太獨特、太色彩濃烈了，它才給我足夠的層面和角度，來旁證、反證「人」這門學問，「人」這個自古至今最大的懸疑。人在那裡，那裡就是文化和文學的主流。

我為什麼寫《人寰》

從九六年四月，我開始為失眠的原因往家庭醫生那裡跑得很勤。那是個很老的醫生，也很胖，看見他會誤認為人世間沒有重大病痛的那類醫生。他馬上決定給我吃些抗精神悒鬱的藥。他的意思是吃吃也是沒壞處的。從理論上來說悒鬱症和失眠常有關聯。四個星期後，我又來到這個老醫生的診室，告訴他我精神一點也不悒鬱。我說這話時有些反誣陷的情緒。無論怎麼說，我是從中國來的，在我們中國你見到個荒唐人，對他的荒唐程度無法度測時便說他「有病」。老醫生雖然沒診斷出我「有病」，但他的治療方案明告訴我，我「有病」。我為自己辯護無病時，我坐著，老醫生站著，我一再請他坐下，他說他站著是為了確保自己完全清醒，否則一坐就會進入半打盹狀態。我更覺得憤懣，我居然按照這個半打盹的老頭的處方吃了四星期的藥。這次就診的結果是由我來點藥，好比館子裡點菜，我揀了幾樣最好的安眠藥點了一通，都是核導彈一級的安眠藥，穩、準、狠。

從此這幾樣藥便成了我的家常菜，老醫生不再多問什麼，便把處方續延下去。有一次藥劑師很不高興了，問我：「你在我這兒領了半年的藥了，你有把握你那醫生不是個『製劑機』？」她把這類祇管哄病人開心的醫生叫「製劑機」。我看她很不寬心的樣子，心裡打算弄本藥典來看看。在我先生涉獵的五花八門各行各業的藏書裡，我相信會找出本藥典來。我卻先找到了一些心理學方面的通俗讀物，很快讀進去了，很快就不再滿足通俗讀物。我找到了弗洛依德、容格的書籍，從而發展到閱讀達爾文進化論派的心理著作。恰巧我的婆婆是個精神護理學教授，借了一批書籍給我，多半是後人對弗洛依德和容格的研究著作。有本叫作*Translate this Darkness*的書，是有關容格的一位女弟子對容格理論實踐的過程。她最終成了容格理論的犧牲品。我突發奇想的也想拿自己做一個心理學研究的實驗品。

我找到了一位年齡與我相仿的女心理學大夫，請她分析我的心理動態。不管心理學界有多少分野，他們對醫治對象的主要方式仍是從弗洛依德那裡襲承來的"Talk Out"，就是讓病人傾訴自己，再荒誕的話他們都認真傾聽、記錄，在他們發現一點兒線索時不露痕跡地提示幾句，以導引病人的談話方向。所謂線索，是心理病態的可能誘因。而一旦讓病者識破自己病態的誘因，治療就基本完成了。比如有這麼個年輕姑娘，她對橡皮製品有種不可理喻的恐懼，弗洛依德在長時期的聆聽她的傾訴後，做出這樣的推斷：因為她幼年時曾暗暗妒嫉過自己的妹妹，有次她妹妹得到一個大汽球，她突然產生殺死妹妹的強烈欲望。她以毀壞汽球來滿足了謀殺的欲望。這種變相的欲望實現隨她的成長，漸漸形成了類似犯罪的情結(Complex)，以遺忘為形式逐漸被她的心理功能壓抑到了潛意識中(Repression)。她成年後對橡皮物體的恐懼，實質上是對自己潛意識中那個暗藏的殺手的恐懼。她恐懼的是自己鋒利的妒嫉，而汽球以及一切與汽球有關聯的橡膠物品都誘發她潛意識中那個有著殺人潛力的自我的恐懼。

我到美國的第三年，美國心理學界正在熱烈注視一股「弗洛依德回潮」。一些心理學家強調"Repression"到了荒謬的地步。他們認為絕大多數人都在童年有過巨大創傷，這些創傷因為人的心理功能具有自衛本能(Defense Mechanism)，即淘汰一切不利於心理健康的記憶。因此，人在幼年所受的心理創傷似乎被忘卻了，或說以忘卻為形式癒合了。然而，根據弗洛依德的理論，沒有任何創傷會被忘卻，祇不過被抑制到不被知覺的意識中。所以，心理療程是心理大夫幫助病者打開潛意識，探索那藏於最渾沌最黑暗的心靈深處的病灶。又是因為人的內宇宙的廣漠無際，這探索從弗洛依德至今，仍賴以大量的假定而存在。而這些偉大的假定在被證實之前，便是亞科學、是謎。

首先是把我迷住了。我開始翻電話號碼簿，尋找心理學家的電話。我和五位大夫預約了就診時間。在通完電話後，我立刻淘汰了三位，因為他們開口不是馬上問我哪兒不對勁，而是先問我的醫療保險是否包括心理治療，若不包括，他們可以適度降低診費，而我最終選擇的女大夫頭一句話問：「你認為我可以從哪些方面幫助你？」她不操心你付不付得起診費，而是馬上關切到你有什麼不舒服，她語氣的含蓄婉轉既表現了體諒，而且這體諒是極其專業化的。

此後我每星期二去看她一次。主要是她聽我說。她對我的成長背景缺乏知識，我需從我生命的最初始，從最初形成我意識形態的一切基本觀念講起。比如我向她解釋「窮」，「窮人」所含的褒意，它和儉樸之類的美德的密切聯繫。我逐漸發現自己不僅在跟她談個人的心理發展史，我同時把中國這四十多年的歷史，以及我們家庭的歷史都介紹給她了。她每次都聽得極其認真，不斷做筆記，在下次就診前，她會從筆記中找出幾個疑點，著重提些問題，試圖發現我個性發展中的非正常影響，發現我生命早期哪怕已癒合完好的創傷。

因為我自己對心理學的研讀，所以每當她提問或暗示時，我大體察覺到她想得到的答案是什麼。我建議她給我用催眠術，據說它是啟開人的潛意識的鑰匙。被催眠的人對所有暗示都是不設防的，因此最難以啟齒的心事或記憶會在催眠狀態下被誘引出來。

我的美國朋友中，有一半人看過心理大夫，其中一些人是有治療成果的。雖然我不像他們那樣對心理專家的權威性存有或多或少的迷信，但我承認這類診療方式有助於人對自身的理解，以及對人類行為的理解。在我花了三個月的診費後，我偶然想到，這個“Talk Out”療法，難道不能成為一個小說的形式嗎？當我的心理大夫從頭到尾閱讀那厚厚一本筆記（注）時，大概也會讀到一個故事，一個用斷裂的、時而用詞不當的英文講述的有關我個人的故事。

當然，當我決定以“Talk Out”為小說形式時，我必須虛構一個故事，一個能成立有看頭的故事。我於是虛構了這個故事，但我的興趣都在故事之外。

注：美國的法律不允許在此類場合用錄音機，因此我的大夫用筆記形式。

靜與空

——看陳川畫有感

陳川是個畫家，偶爾也寫詩。

陳川有個妹妹，叫陳沖，演電影之餘，常作詩。兄妹倆時而一同讀詩賞畫，或一同吟詩作畫，詩和畫都意猶未盡時，兩人便且畫且詩。

在一首表達對繪畫的理解的英文詩中，陳川寫道「繪畫萌生於語言啞然之處。」讀到這首詩時我想，能寫出此感覺的人不僅深愛繪畫，而且他必定常常在繪畫中沉思默想。

這句詩道出了我心裡最難捉摸的一個感覺。

我和陳川僅見過兩次，是許多年前了。那時他剛從上海美術專科學院畢業不久，在交通大學當教師，他和妹妹陳沖伙著一幫子朋友同來的。大家都對剛剛大量泊來的西方生活與文化以及藝術思潮興趣盎然，我們的話題從卡夫卡、梵谷、貓王的歌，到美國的雞蛋多少錢一打，談得廣泛卻不深。那時我已看過陳川的一些畫，可以說對他人的了解遠遠不及對他的畫。

一別多年直到我六年前著陸美國，才又有機會看到陳川的畫。那次我偶然步入Santa Monica一個頗大的畫廊，發現四周掛的都是陳川的畫。那是個專門代理陳川作品的畫廊，我在每一幅畫前流連，對他的進步驚訝極了。

後來我向陳沖借過一本畫冊，其中匯集了陳川的畫作和陳沖的詩作。畫冊放在我的茶几上，得閒我就捧起來翻一翻。每回看，那些畫都顯得更加內在，更添一層未可言喻之意。它們似乎在我眼前變得越來越天真，同時也越來越複雜。就那樣翻看它，一翻便是大半年。它們讓我不時想起那個高個頭的陳川，十分的敏感，同時又頗豪放，酷愛讀書，也酷愛運動，講一口用詞精確的英語。據陳沖說，陳川的居處總是貼了滿牆壁冷僻的英文單詞。不斷地，我會從陳沖那兒聽到陳川的消息：他開了一個又一個畫展；他引起了重要收藏家的重視並收藏了他的作品；他戀愛了；他戀愛失敗了；他作了父親，他如願以償地有了一間採光理想的畫室。他沒變多少，還是那個簡簡單單做人，認認真真作畫，一如既往地痴迷藝術的陳川：早晨準時開車出門吃頓早飯，即刻回到畫室去思考和畫畫，從早晨最柔嫩的陽光直畫到黃昏最成熟的陽光。聽了這些，我看著陳川的一幅幅畫，就看出一個向著完美求索的人，一個藝術的朝聖者所必有的苦楚。

看著陳川的「加州的小木屋」中的白房綠地，「椅子上的雛菊」中的舊椅新花，「夢的季節」中那個與夢魘撕扭的少女，我會在心裡問：它們是被怎樣的眼睛看進去，被怎樣的心靈濾過，又被怎樣的手和筆表達了？生活原來是可以這樣被汲來，這樣美妙地被重新配置和處理。被陳川處理過的這塊，生活原形雖在，但他已不求形似，而力求神似了。

每個藝術家都希望通過自身來注解生活，來表現（而不是再現）他對生活的理解和認識。陳川的注解是真誠而動情的，他以他的畫筆和色彩注解一種偶然：光和影、氣溫和體溫、風和呼吸、夢和現實，突然融匯在一個點上，一個從來沒有出現過，也再不會出現的點上。陳川捉住了它：一個歡樂和傷感的和弦，一個絕妙的情景交疊而發生的瞬間休克。

陳川的內心，被多少如此極美的休克所折磨！

陳川的母親向我講起過兒時的陳川，說他曾經是上海少年划船隊的隊員，一次折斷了手臂，他卻不吱聲地忍著痛，每天仍去參加比賽前的訓練。他知道對運動員來說，停止訓練就意味著退步，甚至淘汰，他的堅韌和耐受能力是成年人都難以想像的。母親還說起過陳川童年的其他故事：八歲的他背著畫架，獨自徒步去動物園寫生。陳川似乎對於此類遠征十分習慣，他還時常步行穿過整個上海，祇為了省下車費去買幾張繪畫的紙張。不得已的吝惜使他從很早就非常在意紙面上所留下的每一筆觸，以及那每一筆觸所能表現的極至，所能達到的飽和。

現在他成年了，正在成長為有著獨特畫風的成熟畫家，早年的堅韌，「吝惜」，以及那些隆冬和酷暑中的跋涉，都潛藏於那些靜極的畫面中。畫如其人，畫的性格成了人的性格的延伸，那些筆觸的層面是凝煉的，然而層面之下，是那樣的豐滿和豐富，無論深處有多澎湃，表層卻是靜，靜得驚心動魄！

這不也像那個有點拙口笨腮，不太長於語言，卻滿心是表白的陳川嗎？

對了，就是那個靜出來的「空」，陳川畫中的空是最讓我感觸、發我深省的東西。是某處響著蜂鳴，某處縈繞著歌聲，某處有漸漸沉的鐘聲的那種空。那空在一束乾淨的斜陽裡，在光線中活潑飛舞的塵粒中。是Virginia Woolf (*To the Lighthouse*) 式的空……那不再有匆匆捻動鈕扣的手指的空壁櫥，那曾經奔忙著腳步的空樓梯，那過去是銀器玎玲的空餐室，那從前是綢衣悉索的空草坪……。

同樣地或相似地，陳川那深綠的、灰色的「空」也留下了極濃的懷舊情感，懷舊是那個拋擲白絲巾的女孩：什麼失落了、什麼一去不復返了；懷舊成了那一束棄於農莊前的玫瑰，還帶露水，還帶刺鼻的新鮮氣味，卻是無以寄託，無以施予；還有那個擰身而臥的少女，恬睡了，也那樣任性，許久前一個秘密的遺憾，祇有夢能夠給她重來一次的機會。畫中的一塊塊空間留下了人的感情和動作，那是人的空缺，而不是靈魂的空缺。人的靈性充斥在這空間裡，看著這些畫面，我像是讀Virginia Woolf那樣微微心痛：這樣又甜又苦的情致、景致怎麼如此似曾相識？這童話與哲思的調和怎麼就這樣擊在我天性的某個痛處上？一剎那間，我懷戀極了……。

那個時刻我真想告訴陳川，他竟發現了最重要的：那形之上、形之深處的形態，以及神態。我卻沒有告訴他，我多麼怕我的一口外行話，一腦子對「抽象」、「寫實」的無知讓陳川啼笑皆非，我祇是一次又一次地向那一塊塊「空」注目，它的美在於總有一瞥不知從何處來的目光在上面掠去掠來。

我一直都沒有機會告訴陳川，我對他作品的這番感想，我們都太忙了，打電話到他那裡找陳沖，竟也盡快繞過對方，怎麼會這樣忙？連陳川買車也要買跑車，連他來舊金山，在妹妹家客宿，我們也難約出個共同方便的時間長談。忙的這樣，才覺得陳川的「空」太好了，太人道了。它讓我回首，看見了我們童年那些呆瞪眼的午覺時分，那些無所事事以至無事生非的暑假，那張斷裂的唱片轉得忽高忽低，重複著一段莫札特，那奢侈的無聊，草地上一片陽光就夠我們一個下午的消磨，一塊開著小花的原野就足夠讓我們忘記回家。

陳川毀掉了許多畫，是因為他的不滿足而一遍遍去畫某個局部，最終那局部不可收拾，使整個作品報廢了。心裡有，筆下無；心到了，筆怎麼也不到，這種時刻，我這個寫小說的人太有同感了。而我，只認為手永遠滿足不了心，心太易變、多變，即使手已十分的敏捷，心的期望將又會漲上去。只能讓它去，盡善盡美只是說說而已。而陳川卻寧可一個作品不存在；它若存在便應起碼在那一刻讓他心滿意足。對於陳川，完美是一個作品存在的起碼標準和理由。不知他可懂得，越是追求盡善盡美，對理想和現實的距離越是不能忍受，越是不能妥協，也就越是痛苦。

然而，人能夠沒有理想嗎？我們今天的一些人已窮到了只剩錢了。理想二字在我們的字典上，已經被磨損的要消失了。滿腹心事的陳川卻沉吟著，懷疑著，他想把曾經有過的，將來必定也會有的，調在他的色盤上，畫給現實的我們。

有關陳沖以及《陳沖前傳》

頭一次見到陳沖時，她還是個地道的孩子。那是在上海的錦江賓館，我父親在那兒包了間房寫作。陳沖當時十八歲，剛得了「百花獎」。她梳兩根短辮，在兩邊肩膀上甩來甩去，更顯得她好動，是孩子氣的那種好動。她穿一件米色的細燈芯絨襯衫，下面配一條同樣布料色彩、式樣的長裙子，是牛仔風格的，一看就和街上流行的花紅柳綠、燙頭髮區別極大。我剛說她的衣著別致，她馬上告訴我：「這是自己做的！」

她哥哥陳川也馬上補充：「我妹妹穿得最破！」

我懂他的意思是指樸素。我當時還是一個女軍人，一條軍褲加一件便裝襯衫，辮子盤在頭上，似乎與陳沖的樸素做伴兒。

其實在見她前，有關她的故事就聽得不少了。我的繼母俞平也是位電影明星，恰和陳沖在「青春」中同時擔任主角；一個演軍醫，一個演小啞巴亞妹。那是陳沖的第一部電影，也是她的成名作。我的這位媽媽回家來總講到陳沖。她說：「沒見過這麼靈的小姑娘——從來沒演過戲，導演一說就明白，戲馬上到位！比那些在電影界混幾十年的人強太多了！」也談到她的其他：愛讀書——有空就捧一本英文書，一個人躲著，嘴裡嘰哩咕嚕的。還有就是愛吃零食——身邊總帶個餅乾盒子，裡面是話梅、糖果，祇要一聽這只盒子響，大家都逗她：「好哇，陳沖，逮著你啦！又吃什麼呢？」繼母的總結是：「才十五歲，完全是個孩子嘛！再懂事，書讀得再多，畢竟是個孩子！」

當時我聯想到自己。十二歲進軍隊歌舞團，軍紀嚴明，絕對不能吃零嘴，加上那幾塊錢軍餉也實在買不來什麼高級零嘴，我就把一只信封裝了白砂糖放在軍服口袋裡，再放一把小湯匙，實在饞了，就舀一匙砂糖飛快填進嘴裡，再裝著沒事似的東張西望，偷偷吮吸著在嘴裡慢慢溶化的甜。因此我聽到繼母講到陳沖吃零嘴，就有了一份非常的理解。當時中國的國情造就了一批早熟的孩子，而孩子總不可能泯滅孩子的天性。

成了「百花獎」影后的十八歲的陳沖仍是童趣十分。她很少有安靜的時候，在賓館的房間裡，一會坐沙發，一會又坐地毯上。一聽我爸錄音機中的古典交響樂，她馬上建議：「咱們來跳舞吧！」她將音樂換成了「披頭四」，即興地跳起來，又是轉，又是跺腳，還不斷煽動我：「來呀來呀，你不是跳舞的嗎？」

我說：「我沒學過這種舞！」

她說：「這舞不用學，高興怎麼跳就怎麼跳！」

我又找個理由：「我太胖！」那時我正由舞蹈演員改行為寫作，人不可救地長肉。

陳沖馬上安慰我：「我也不瘦！跳跳就會瘦！」

最終還是她一個人蹦躂到一臉汗。然後就說：「餓啦！」

我問她：「這兒有早餐剩下的點心，要不要吃？」

「要！」她馬上說。

之後每次早餐，我爸爸就多要兩個小籠包什麼的，說：「說不定陳沖會來吃的。」

第二次見陳沖，她卻談起卡夫卡來。她問我對《變形記》的看法，我老實巴交地說：「太奇怪，我讀不進去。」

她叫我耐心些，讀得專注些，就會讀進去了。她一再說：「這本書太震撼了！」

我感到《變形記》的震撼卻是在十年之後，當我用英文重讀它時。這時我才悟到陳沖那麼早熟的領悟力。

我們在美國的重逢是一九九〇年，在一個朋友辦的聚會上。我奇怪她的「無長進」：仍是一派學生打扮，嘻嘻哈哈地跳著自編的舞蹈，跳累了便聲稱：「我得吃點兒什麼！」她於是跑進廚房，用手抓起一粒冷餛飩，塞進嘴裡，吃得滿足得不得了。

這個時間的陳沖，已是好萊塢片酬最高的亞裔演員。一個朋友輕聲說：「你看她，像個大明星嗎？一點架子也沒有！」

陳沖的「沒架子」是出了名的。一些美國記者在專訪文章中也常提到這點。有位女記者說：「……進來了一位穿夾克、背大書包的女孩，我一看，這位著名的東方女明星怎麼活脫是個逃學的孩子？……」

我曾寫過一篇文章，談到她那出奇大的書包。那裡面總是裝著她正在讀的書。她讀書與趣廣泛，從文學到社會學，再到心理學，一切。當然她最愛的是文學，那是她能寫一手好散文的緣由。她也寫散文詩，非常敏感細膩的詩句。她最讓我嫉妒的是她讀書的速度；她可以一夜讀完兩百多頁的一本書。有時她在早上九點來個電話：「昨晚又失眠了，不過我把××讀完了！」我想，這人讀書像她吃飯一樣又快又猛，毫不斯文。儘管詩和散文寫得都十分斯文。有時跟我談話時冒出的感受也是極詩意的。有次我跟她開玩笑說：「唉，陳沖，你知道你這人的組成結構嗎？你是半肚子詩，半肚子食！」

她聽後哈哈地笑起來，說：「可惜可惜，你寫我的傳記裡沒有這兩句！」

說到我今年寫訖的《陳沖前傳》，使我對她的了解更深一層。幸運的是我在寫作過程中，她碰巧在舊金山拍攝「金門」，我和她隔三插五地碰面，有時就在她的攝製現場閒聊。寫到不明白之處，我會馬上跑去找她，帶個小錄音機，來一番問答。她十分配合，總是有問必答。有時還會給自己下一番過份的結論，諸如：「我這人不雅致，從小就是個粗俗的孩子。」

我說：「胡說八道——假小子性格怎麼能叫粗俗！」

她說：「反正我不是個嫺雅的女孩，現在也不是！」

我祇得放棄爭論。

《陳沖前傳》寫作的順利跟陳沖的合作有很大關係。她的直率、坦誠，使我不用費任何氣力去掏真話，我們的問答也從不必兜圈子。有時她把心底最秘密的話也告訴我，說：「人都有罪惡的一閃念嘛！」但我認為一閃念不能代表一個人的本質；對於陳沖的本質，我自認為是看得很清楚的，那就是：對事業的執著，對朋友的誠懇，對文學、藝術的著迷，對好吃的東西的狂愛。

這次她從英國給我寫的兩封信中，提到的事都離不開她正讀的書，她看過的一部好電影，以及她吃過的一些新奇東西。

回舊金山第二天，她便對我說：「有一部很棒的義大利電影，我們去看吧？」

我立刻說：「好啊！」她推薦的小說和電影很少使我失望。

我們去了，電影果真棒得不得了。我出了電影院被打動得神魂顛倒，直抽冷氣。她也還沒出「戲」，因此找不到她停車的位置了。找到車，她胡亂開一陣才想起該去哪裡。

一路上我們都在談論這個電影。談它的立意，導演手段，演員的表演……她又是那樣：眼裡閃著孩子式的認真，就像她十八歲時談起卡夫卡。我想，我真的喜愛這個朋友。或許我著的這本《陳沖前傳》中，傾注了我對她的喜愛，亦或是偏愛，因此它不盡然是客觀的。但我不管。

譚恩美的中國情結

家是千好萬好的，尤其是節日前的家。譚恩美(Amy Tan)在感恩節前夕匆匆結束了旅途，踏進這座在舊金山的冬日尤其顯得溫暖的家。自一九八七年《喜福會》出版之後，她總是顛沛在旅途上，按出版者和經紀者的要求為她的新作巡迴介紹，與讀者見面。還是如願在感恩節同丈夫、母親、弟弟以及親近的朋友們在自己的家團聚了。節前的時間僅夠她對環境做最後的裝點和準備食品、飲料。有十幾位客人要來。這座維多利亞式的房子不久前完成了內部裝飾：淺棕色或黯橙色的牆壁，似乎都是金色的變調。那色調讓進入此地的人都感到了女主人在她每部作品中體現的熱情與浪漫，和一層隱隱的躁動不安。

看著自己的母親和丈夫、弟弟的一家同坐在一張餐桌上，譚恩美的童年、少年和成年都在這裡了。她是一個出生在奧克蘭的成千上萬的中國孩子之一。同那些孩子一樣，她也一度有過無所歸屬的痛苦。童年的恩美（大家叫她Amy，愛米）時而想：「不知怎麼回事我生在一個錯誤的家庭裡了。我大概誤入歧途，跑到這個中國人的家裡來了。」美國社會被稱為「大溶器」(Melting Pot)，對各民族文化的溶解之迅速和徹底使恩美選擇美國的生活方式：「我們吃漢堡包和蘋果派，企圖使我們的中國特徵消失。好像有這些不同特徵是一種恥辱。那是一種自我憎惡。」也像其他落生在美國的中國女孩一樣，她也對自己的東方形象感到疑慮，似乎這是她被這塊國土接受的最終結和致命的一個障礙。在她那些不成熟的年歲中，她甚至想到去做整容手術，使自己成為美國芸芸眾生中不可區分的一員。每個少年人都害怕與群體中的少數站在一起；年輕時代的恩美，作為一個有文學潛質和異常敏感的女孩，更是加倍體驗了這種青春期心理特徵。

她後來把她與母親的衝突變成了《喜福會》和《灶王爺的妻子》兩部成功小說情感焦點。母親此時穿著女兒為她設計的黑絲絨外套和裙子，正安享這餐合家團聚的感恩節晚餐。她曾經那麼執著地要將恩美培養成她心目中的成功者：一個神經外科大夫，或一個鋼琴獨奏家。而恩美從小就想成為一個作家，在八歲時獲得了作文競賽大獎，此後便不斷地為自己或朋友編寫各種童話故事。母親竭力用中國傳統影響女兒，而女兒卻渴望走出唐人街，走出母親心目中的中國模式。在恩美十五歲那年，她那位工程師的父親逝世了。不久，哥哥也被同樣的腦瘤奪走生命。那是母親和恩美最黯淡的年月。為了擺脫病魔在這個家庭中的繼續糾纏，母親帶著恩美和弟弟遠走瑞典。此後恩美和母親在意願和志向上的矛盾愈來愈外化了，有一次母女倆竟有整六個月中斷了對話。恩美成了作家後對人說：「那時我母親已確信她沒有我這個女兒了；我也確信我跟她兩不相干。」

充滿文化矛盾的母女關係造成了那樣一種獨特的愛；愛有多深痛苦就有多深。一個情結形成了。恩美後來在《喜福會》和《灶王爺的妻子》兩部長篇小說中，都是圍繞母親和女兒的衝突，給此情結以最形象的注解。她以第一部書中的四對母女，第二部書中的一對母女來象徵一種新生體從母體剝離，又在另一高度上和另一層認識中回歸母體的過程。後者，已不完全是同一母體，而是一個人情感的祖國。一九八六年，當恩美和丈夫路易第一次回到中國時，她感到自己人格的完善。「當我的腳觸到中國的土地時，我頓時變成了中國人。我知道自己從來不完全是個中國人，我卻總是感到那種聯繫。而這一剎那我有一種完整的感受。就像擁有父親和母親，我擁有中國和美國，因此一切都歸於完整了。」

她在這次旅行中找到了和母親失散了三十多年的兩個姐姐，她們是母親第一次婚姻留下的。因此那個「完整」，也具有實質的意義。

餐桌上恩美的丈夫路・德馬太坐在右側。他和恩美是大學開始相愛的。在恩美不從母志以語言學碩士完成學業後，他們開始了美滿的婚姻生活。路是個稅務律師，個性沉穩可靠，長久以來是恩美最堅穩的情感支撐。他的義大利血統似乎從不影響他對恩美的理解。他理解恩美時起時伏的感情和情緒，理解她生存於創作時空與現實時空的兩重自我，理解她豐富的同情心。她的文學編輯患了癌症，她不斷流淚了幾天後，決定為編輯租下一棟三面環窗的公寓，讓她總能看見紐約的日出日落，靜靜度她病痛的時日。路易理解恩美一次次去中國旅行。最後一次是為了中國被棄嬰兒募捐。它雖然不是一次順利和成功的旅行，並且因為中國政府對整個活動的不贊同，恩美的情感受到挫傷，路易卻仍是百分之百的理解和支持她。他理解她那些不大眾化的舉動，比如：在今晚的晚會上肩上始終挎一只小形黑色尼龍旅行包。有的客人剛進門詫異，問她背著行李是否要出門。她回答包裡裝的是隻十個月的小狗——她怕人來人往紛亂的腳步會傷了牠，也怕牠見不慣那麼多客人而緊張，那樣把牠背在身上牠會感到安全。路易對妻子全部理解。

坐在對面是恩美的弟弟。他常常想到恩美同他一同度過的童年。她一直是個富有同情心的人，有一度去為殘疾孩子工作；對於稍弱的人和動物，恩美永遠會給予同情和幫助。她也慷慨，經她介紹給自己經紀人從而開始文學生涯的作家已經不知多少位了。

靠門的一邊坐著攝影師。幾乎恩美所有被刊出的相片都出於他的手。他看著這個始終年輕的女作家，身材略嫌單薄卻全是意志和力量。他始終在捕捉她的一瞥眼神一抹微笑；如同她小說中幽默機智的行文一樣，她在日常生活中也常有獨特的表達。她在講她打算寫的一本世紀初中國移民生活的小說時說：「如果一個人有那種生活在想像中的奢侈，並且人家還付錢給你去進行這種奢侈，幹嘛不去享用它，去創造更不同於現實的東西呢？」

當人問到恩美：「你和你母親現在的關係怎樣？」

她回答：「我的書出來後，她就跑到各個書店去看，是否有賣；要是她看見那家書店沒賣我的書，她就把人家訓一頓。」她說到此出聲地笑起來。

客要散了，路易輕聲問妻子，是否要他開車送母親回去。恩美說：「她願意留下來也行。願意走就送她。反正尊重她的意願吧。」

是否是這樣的完整：以叛逆開端，以順隨和尊重結尾？

今年三月，譚恩美和她先生路・德馬太去北京參加一項募捐活動。此行是路的一位老朋友促成的。這位朋友參與了菲力普海蒂基金會的救助組織工作。譚恩美和路・德馬太同意出席於三月三十日晚上舉行的徵募晚餐，並發表即席講話。祇是出於文學藝術者的良知，以及她自幼要服務病弱者的志向，恩美把這項活動看成一種全球性的人道行為。她曾在一次採訪中說：「我對政治沒有興趣。我對我的小說是否有正面教育意義並不在乎，祇要它是一個好故事。我祇表現人的情感真實。」

旅行計劃定於有關上海孤兒院的副面爭議在西方全面爆發之前。爭議雀起後，恩美和路更是注重將此活動的重點集中在呼喚對孤兒的同情上。他們認為，假若他們此行能將一種善良美好的願望傳達給中國官方，那是最好不過的，但到此為止僅是盡人道義務，抒發人道精神，純粹是一種自發行動。

餐會主要的客人是各國使節和駐北京各大公司的職員。美國及加拿大大使也是作為主要賓客受邀。而在三點三十分，離餐會開始僅兩個半小時，中國外交部官員通知主持人：這項活動並沒有得到政府許可。恩美和路表示，他們由此才知道，儘管活動是民間和非盈利的，也必須在中國政府的許可之下才能舉行。協商的結果為：①餐會可以舉行，但募捐活動必須取消；②取消演講；③取消牆上所有暗示孤兒的裝潢和字標；④整個餐廳必須隔離成三個稍小區域。為了不失去這次遠行的意義，恩美和路分別到各桌與四百五十名客人做了交談。恩美和路半是解嘲地說：「我們倆真像是舉行婚禮，一桌一桌會見這些不帶禮物的客人。」

第二天，各種有關報導出現在《紐約時報》、《華爾街報》、「CNN」等重要報章和電視節目上。有的報導說中國官方「查抄」、「席捲」了會場。恩美和路感到人們應多放些感情到對兒童和孤兒的關切中來。至於被戲劇化了的事件本身，或許實質上起了為募捐推廣和傳播的作用。

鄔君梅與「枕邊書」

每個藝術家似乎都有自己的一個「變法」時期，就是他（她）長期對自我、對藝術的求索，他（她）的思考和實踐的積累突然出現了一個不期然的轉折，或說一個質的變化：「眾裡尋他千百度，驀然回首，那人正在燈火闌珊處。」辛棄疾的幾句詞，道破了藝術創作，甚至是人格發展的這個奇特現象。鄔君梅就把她在「枕邊書」的演出，看成她電影生涯的這樣一個里程碑。

鄔君梅覺得在這部片子裡，導演彼得・格林那威把她挖掘得相當徹底。在全片拍攝結束後，她對彼得說：「我感到精疲力盡。我被完全地消耗了。」她慶幸下一部片子「宋家皇朝」的開拍與「枕邊書」的殺青之間僅隔四天，「否則我很可能會進入一種嚴重的精神壓抑狀態。因為我身上的每一個細胞都變成了蔡子（女主人公）。」

一九九六年的坎城影展上，「枕邊書」獲得了「一種注目(Certain Regard)」獎項。此片以它驚世駭俗的對於人體的展示與探索使鄔君梅被西方媒體認為是「好萊塢近兩年來最受關注的亞裔女星」。此後鄔君梅聽到人們對她的風傳：「鄔君梅在『枕邊書』裡暴露得渾身連一根纖維也沒有！」她以她頗有名氣的哈哈大笑來回答：「其實也沒那麼蝎虎！沒那麼裸！……」她接下去用彼得的話糾正道：「不是暴露，是裸體；裸體是種藝術形式的人體。」對於裸體與暴露的區分，是文野之分，是趣味高下之分，亦是審美觀能和生理觀能之分。她說：「在看羅丹雕塑的人體時，你絕不會產生邪念的；並且也不會對他的人體模特兒想入非非。因為人體已經變成藝術家創作的工具，已不再是肉體了。」

但她並不是一開始就有這樣的認識。出身於電影家庭的鄔君梅從中學時代就開始拍電影，對於裸體，她卻始終持保守態度。她說：「可能是我的中國傳統教育，我一直拒絕拍有裸體要求的戲。」當彼得・格林那威邀請她出演蔡子時，她感到榮耀。因為彼得在電影界一直是最個性的導演，雖然並不是創票房紀錄的成功者，但他的作品一向被藝術界和知識界看作實驗性和純藝術的。經他發掘的演員後來都被證實為優秀的演員。但鄔君梅幾乎要謝絕這位電影大師的青睞。她對他說：「假如你要讓我演，你就得把那些裸體戲刪除掉。」這當然是不可能的。「枕邊書」是一部根據日本文學經典小說改編的電影，其中生、死、性、愛都是通過在人體上的書寫來表達的。也就是，人體是整部故事最深層次的語言，是語言之核。

彼得祇是勸鄔君梅通讀劇本，並且要反覆地讀。鄔君梅照辦了。開始，她僅是遵照導演的意志去讀。漸漸地，她感到她有了不斷閱讀它的衝動。她說：「這是一部很美的劇本，它即是極其的文學化，又十分有視覺感。我漸漸溶進了它，它也逐漸溶進了我。八個月時間，我就是反反覆覆在讀這劇本，簡直對它著迷了。到最後，我覺得我如果不去演女主人公，反而不正常不自然了。因為她在我心裡已成熟了。我就對彼得說：我準備好了。」

鄔君梅總認為自己「傻人有傻福」。還在高中時期，就被「末代皇帝」的導演貝托魯齊選中，去演皇妃李文綉一角。從那以後，她又演了大大小小七八個角色，有配角，也有主角，有的也演得得心應手，但與「枕邊書」中的蔡子相比，她認為那些角色都是一系列鋪路石，是一場獨奏的一場場預演或練習曲。作為一個女演員，她不認為自己有驚人的美貌，僅僅是「還過得去」，這反而倒使她立志去探索表演，追求豐富。不依賴青春和美貌反而使她自信，她說：「我的表演生涯一定會長壽的。西方最成功的明星大多是三十歲以上的，那種人格的豐滿多有魅力啊，跟他們比比，那些青春美貌的小姑娘小伙子有什麼看頭！」她自信自己將成為一個演技派的演員。

鄔君梅的自信還來自於她的人生觀念。她說：「我首先是要做人，其次做女人，再其次做演員。我不相信做演員必須放棄做個正常人、正常女人的樂趣。並不是非要經歷極端的痛苦才能表現痛苦。假如你去踏踏實實做人了，那麼你才能有人的各種層次，各種側面，人的酸甜苦辣。並不是演戲的時候，一個演員才能豐富自己；平常做人，吃飯睡覺讀書，與人交往，生活本身就在豐富你提高你。」她常常對人提起英國女演員艾瑪・湯普遜的一句話：「不工作是非常重要的。」

鄔君梅至今仍懷念「枕邊書」劇組的創作氣氛。尤其是導演彼得・格林那威，他以自己的藝術想法和激情把所有人的創作欲都充分調動出來了。他要求某個畫面要像林布蘭的畫，或要求某處用光「要使皮膚發出琥珀的光澤」……在這樣出神入化的藝術境界中，鄔君梅最初對裸體的不適很快消除了，她祇感到自己已成了導演手中的雕塑泥，她以自己的內在去配合導演完成一尊雕塑。她對筆者說：「那真是一個最理想的創作環境！導演不斷從我的表演和我的個性中得到靈感，去修正自己心目中尚未成形的女主人公。本來女主人公是個日本人，他根據我的氣質把她改成了日本和中國的混血；又因為我的上海背景，他把蔡子父母的相遇地點改成了上海。其實我並不是個典型的東方女性，不吭不響的，彼得被我的幽默感逗樂了，而且不斷在我身上得到新的啟發。」據說彼得一貫和演員保持距離，但他和他的女主人公卻相處得非常融洽。

當筆者談到好萊塢，以及西方在中國女性身上希冀的那種病懨懨、古老玩偶式的美使西方銀幕上的中國女性相當落俗套，包括化裝和服飾，他們都以想當然的模式來處理，這種對東方女性不求甚解的認識，是否在彼得那裡得到糾正。鄔君梅說，因為這部作品並非寫實，應該算作抽象或說超驗的，他對這個女主人公的塑造，當然也就在相當程度上是寫意的。她再次強調：「彼得是個絕不隨大流的導演。」

鄔君梅對「宋家皇朝」的被迫刪減感到遺憾。她說正是因為那幾場戲，她才同意去扮演宋美齡的，可現在由於國內的不同意見，把這幾場戲刪去了。她說：「一般情況下，自己的戲被刪總是不開心嘛！哪個演員願意自己得意的一些戲被刪掉呢？」

不過鄔君梅很少有想不開的事。若有，她對朋友迴腸盪氣地大笑一通，自信和從容就又回來了。她很喜歡「隨緣」這兩個字，演戲、做妻子，將來做母親，她認為都是有種緣份在主導，所以不必太刻意追求。她說：「我也很喜歡不拍片的生活，看看佛書，也讀讀林語堂、張愛玲——我的這些素質和我媽媽很有關係。她總是讓我自由選擇自己的愛好、自己的生活。我那樣大大咧咧、丟東忘西，她也衹搖頭微笑，呵責和慣使都在其中了，卻表現得那麼有節制，那樣含蓄。」

鄔君梅的自信和從容多半是從母親的愛與支持中來的。她常說：「我要做個完整的女人，就像我媽媽那樣的女人，她有一種平衡，使做女明星、做女人、做母親全都和諧地成為一體，不矛盾。那是一個女人一生所能期望的最大成就。」

三民叢刊書目

⑥⓪蝴蝶球傳奇	顏匯增著
・真實與虛構	
⑥①文化啓示錄	南方朔著
⑥②日本這個國家	章　陸著
⑥③在沉寂與鼎沸之間	黃碧端著
⑥④民主與兩岸動向	余英時著
⑥⑤靈魂的按摩	劉紹銘著
⑥⑥迎向眾聲	向　陽著
・八〇年代臺灣文化情境觀察	
⑥⑦蛻變中的臺灣經濟	于宗先著
⑥⑧從現代到當代	鄭樹森著
⑥⑨嚴肅的遊戲	楊錦郁著
・當代文藝訪談錄	
⑦⓪甜鹹酸梅	向　明著
⑦①楓　香	黃國彬著
⑦②日本深層	齊　濤著
⑦③美麗的負荷	封德屏著
⑦④現代文明的隱者	周陽山著
⑦⑤煙火與噴泉	白　靈著
⑦⑥七十浮跡	項退結著
・生活體驗與思考	
⑦⑦永恆的彩虹	小　民著
⑦⑧情繫一環	梁錫華著
⑦⑨遠山一抹	思　果著
⑧⓪尋找希望的星空	呂大明著
⑧①領養一株雲杉	黃文範著
⑧②浮世情懷	劉安諾著
⑧③天涯長青	趙淑俠著
⑧④文學札記	黃國彬著
⑧⑤訪草（第一卷）	陳冠學著
⑧⑥藍色的斷想	陳冠學著
・孤獨者隨想錄	
⑧⑦追不回的永恆	彭　歌著
A・B・C全卷	
⑧⑧紫水晶戒指	小　民著
⑧⑨心路的嬉逐	劉延湘著
⑨⓪情書外一章	韓　秀著
⑨①情到深處	簡　宛著
⑨②父女對話	陳冠學著

93 陳冲前傳　嚴歌苓著
94 面壁笑人類　祖　慰著
95 不老的詩心　夏鐵肩著
96 雲霧之國　合山　究著
97 北京城不是一天造成的　喜　樂著
98 兩城憶往　楊孔鑫著
99 詩情與俠骨　莊　因著
100 文化脈動　張　錯著
101 桑樹下　繆天華著
102 牛頓來訪　石家興著
103 深情回眸　鮑曉暉著
104 新詩補給站　渡　也著
105 鳳凰遊　李元洛著
106 文學人語　高大鵬著
107 養狗政治學　鄭赤琰著
108 烟　塵　姜　穆著
109 河　宴　鍾怡雯著
110 滬上春秋　章念馳著
111 愛廬談心事　黃永武著
112 吹不散的人影　高大鵬著
113 草鞋權貴　嚴歌苓著
114 是我們改變了世界　張　放著
115 夢裡有隻小小船　夏小舟著
116 狂歡與破碎　林幸謙著
117 哲學思考漫步　劉述先著
118 說　涼　水　晶著
119 紅樓鐘聲　王熙元著
120 寒冬聽天方夜譚　保　真著
121 儒林新誌　周質平著
122 流水無歸程　白　樺著
123 偷窺天國　劉紹銘著
124 倒淌河　嚴歌苓著
125 尋覓畫家步履　陳其茂著
126 古典與現實之間　杜正勝著
127 釣魚臺畔過客　彭　歌著
128 古典到現代　張　健著
129 帶鞍的鹿　虹　影著
130 人文之旅　葉海煙著

- ⑬① 生肖與童年　小民著　喜樂圖
- ⑬② 京都一年　林文月著
- ⑬③ 山水與古典　林文月著
- ⑬④ 冬天黃昏的風笛　呂大明著
- ⑬⑤ 心靈的花朵　戚宜君著
- ⑬⑥ 親　戚　韓　秀著
- ⑬⑦ 清詞選講　葉嘉瑩著
- ⑬⑧ 迦陵談詞　葉嘉瑩著
- ⑬⑨ 神　樹　鄭　義著
- ⑭⓪ 琦君說童年　琦　君著
- ⑭① 域外知音　張堂錡著
- ⑭② 遠方的戰爭　鄭寶娟著
- ⑭③ 留著記憶・留著光　陳其茂著
- ⑭④ 滾滾遼河　紀　剛著
- ⑭⑤ 王禎和的小說世界　高全之著
- ⑭⑥ 永恆與現在　劉述先著
- ⑭⑦ 東方・西方　夏小舟著
- ⑭⑧ 嗚咽海　程明琤著
- ⑭⑨ 沙發椅的聯想　梅　新著
- ⑮⓪ 資訊爆炸的落塵　徐佳士著
- ⑮① 沙漠裡的狼　白　樺著
- ⑮② 風信子女郎　虹　影著
- ⑮③ 塵沙掠影　馬　遜著
- ⑮④ 飄泊的雲　莊　因著
- ⑮⑤ 和泉式部日記　林文月譯・圖
- ⑮⑥ 愛的美麗與哀愁　夏小舟著
- ⑮⑦ 黑　月　樊小玉著
- ⑮⑧ 流香溪　季　仲著
- ⑮⑨ 史記評賞　賴漢屏著
- ⑯⓪ 文學靈魂的閱讀　張堂錡著
- ⑯① 抒情時代　鄭寶娟著
- ⑯② 九十九朵曇花　何修仁著
- ⑯③ 說故事的人　彭　歌著
- ⑯④ 日本原形　齊　濤著
- ⑯⑤ 從張愛玲到林懷民　高全之著
- ⑯⑥ 莎士比亞識字不多？　陳冠學著
- ⑯⑦ 情思・情絲　龔　華著

⑱ 說吧，房間　林　白著
⑲ 自由鳥　鄭　義著
⑰ 魚川讀詩　梅　新著
⑰ 好詩共欣賞　葉嘉瑩著
⑰ 永不磨滅的愛　楊秋生著
⑰ 晴空星月　馬　遜著
⑰ 風　景　韓　秀著

⑰5 談歷史　話教學

張　元　著

作者以二位高一新生對歷史課程的困惑為引子，藉著師生座談對話的方式，從北京人時代到西晉，針對高中歷史教材，試圖以「史料閱讀」的方法鮮明地建構各代的歷史圖像，在活潑的對白間既談歷史意涵又話歷史教學，相當適合高中教學的參考。

⑰6 兩極紀實

位夢華　著

任何人想要親臨兩極之地恐怕都不是件容易的事。作者因從事研究工作之便，足跡跨越兩極，將在極地所見所聞之動物奇觀、自然景致乃至當地所受文明衝擊，或以幽默輕鬆，或以深沈關懷的筆調娓娓道來，是無緣親至極地的讀者絕不可錯過的佳作。

⑰7 遙遠的歌

夏小舟　著

世上只有兩種人，男人和女人。然而男女之間的恩愛情仇，卻糾葛難解。本書作者以一篇篇幽默的短篇故事，道盡世間男女的愛恨嗔痴。在她細膩委婉的筆下，愛情的本質和婚姻的面貌都一一呈現，必可帶給你前所未有的感受與體悟。

⑰8 時間的通道

簡　宛　著

「人生，是一條時間的通道，每一個人所走的方向和目標雖然不一樣，但是經過的路程卻是相似的……」當人們沈溺於歲月不待人的迷茫和感嘆時，作者平實的筆調將帶著我們對生活多用一點心思和一點執著，會使我們的「通道」裏，留下一點痕跡。

⑰⑨ 燃燒的眼睛

簡宛 著

作者以自身多年來在美國的異域生活為背景，輔之敏銳的觀察力、豐富的情感、濃郁深摯的筆調，從而幻化出一篇篇感人肺腑的故事。尤其對於旅居海外異鄉遊子們的心境描寫更是深刻動人，是一本值得再三玩味的小說。

⑱⓪ 月兒彎彎照美洲

李靜平 著

沒來美國時還不知那生活啥款；來了才知樣——啊！真夭壽！ 來到美國，是穿梭在黑白紅黃人群間；或在房裡看華語電視？是在壁爐邊吃耶誕大餐；還是窩伴著一桌熱火鍋？在忙碌的陽光下，可想起夜空裡一彎新月？月兒彎彎，訴說的又是誰的故事？

⑱① 愛廬談諺詩

黃永武 著

諺詩，是指用諺語聯成的詩，由於聯接巧妙加上意外組合，因此往往會有不可料想的妙趣出脫。如捉豬上板櫈，走馬看天花；成人不自在，做鬼也風流，等等。本書將帶你悠遊中國式幽默，探索諺語的源頭，喜愛好書的你，可千萬不能錯過！

⑱② 劉真傳

黃守誠 著

劉真，一位自四十年代開始影響國內教育最鉅的教育家。本書自劉真先生家學淵源寫起，隨著時間軌跡，記錄了他如何在風雨飄搖的年代裡為教育此類百年大業做出努力；因此雖然本書為劉真先生個人傳記，卻同時也是了解現今教育體制的最佳參照。

⑱ 天涯縱橫　位夢華　著

以兩極生態氣候的研究為基礎，作者建構了此書的論理與想像世界。內容從極地景致、開拓艱辛及天文物理觀念，引申至有關宇宙天人及環保的許多想法，包容科學與文學，兼具知性與感性。讓您在詼諧而深切的筆調中，激發對地球的關懷與熱愛。

⑱ 新詩論　許世旭　著

中國詩歌，無論新舊，是一座甘泉，若不掬飲，口渴神焦，……。作者係韓國人士，長年沈浸在中國文學之中，對於在中國新詩的源起及兩岸新詩風格的異同，均有獨到而精闢的見解。是讀者拓寬視野，更深入了解中國新詩之發展所必備的好書。

⑱ 天　譴　張　放　著

「一不埋怨天，二不埋怨地，只是咱家命不濟，生長在這亂世裡。」于祥生，一位山東流亡學生，民國三十八年隨政府搭乘濟和輪來到澎湖，卻萬萬沒料到會遭逢一場史無前例的政治騙局，他的人生、情愛就在這時代悲劇與宿命的安排下，無奈地上演。

⑱ 綠野仙蹤與中國　賴建誠　著

一本融和理性與感性的著作，以經濟分析的專業素養，將關懷的筆觸，延著供需曲線帶進閱讀的天空。那一篇篇翔實的數據，是驗證生活的另一種形式；那一篇篇雋詠的小品，則是理性思維的靠墊。不管你來自士農工商，本書都能提供一場知性洗禮。

187 標題飆題

馬西屏 著

一個出色的報紙標題不僅要精簡準確地傳達新聞訊息，更要能表現文字的優美和趣味，這可是一門藝術。近年來報紙解禁，各種充滿巧思創意的標題紛紛跳上版面，等著要攫取你的注意。小心！一場報刊標題的革命正在編輯枱上悄悄進行……

188 詩與情

黃永武 著

詩以情為主，作者長期浸淫於古典情詩，擷採珠玉，編綴出男女的愛情、家人的親情、入世的世情與出世的忘情種種世態人情。文中所引，首首如新摘茶筍，簇新可喜，且解說精要，切緊詩旨，能帶給您全新的視野與怡然的感受。

189 鹿夢

康正果 著

從大陸西安到新大陸東岸的小鎮，不同的國度有著不同的風土民情，但在作者細膩的心思與敏銳的觀察力之下，它們之間起了微妙的關聯。長期旅居海外的作者，將他生活中的點點滴滴，轉化成一篇篇清雅的散文精品，將讓您領會閱讀的雋永與甘美。

190 蝴蝶涅槃

海男 著

「一個生活在舊時代的女人，她生活在男人之中不如說是生活在戰爭之中，她生活在戰爭之中不如說是生活在蝴蝶之中。一個生活在蝴蝶之中的穿中國旗袍的女人，其靈魂終究會像蝴蝶一樣四處飛翔。」而她的歸宿，竟在何方？

⑲半洋隨筆

林培瑞 著

本書是林培瑞教授一篇篇關於他對中國的研究、感想、社論、訪問等合集。作者熱愛中國文化，對當代中國的社會、政治、文學、藝術等無不關心；綠眼黃髮，是位十足的「洋人」，但他對中國的關懷，無不流露在字裡行間，值得我們細細品味與深思。

⑲沈從文的文學世界

王繼志
陳龍 著

沈從文，一個身處於三〇年代的作家，如何在這動盪的中國社會環境中，發揮自己創作及人格上的獨特性，以享有「中國的大仲馬」的美譽呢？作者由政治學、社會學、美學等多種不同角度切入，帶領我們逐步探索沈從文謎一般的文學世界。

⑲送一朵花給您

簡宛 著

本書作者自離臺赴美留學後，便長期旅居美國，迄今已逾二十年。書中有著許多海外生活的點滴，又有往來中國大陸、美國、臺灣所觀察到的各種社會現狀，有針砭亦有從關懷出發的諄諄叮嚀，使得全書層次豐富，文趣盎然。

⑲波西米亞樓

嚴歌苓 著

作者為生於上海、旅居海外的優秀作家。本書除蒐羅其在美生活點滴、寫作歷程及心得，更有對書作、電影之所感所懷。洗鍊的文筆、豐華的文采，加之發自心靈深處的感動，這一篇篇雋永、情摯的佳作，縮短了作者與讀者間的距離。

⑲⑤ 化妝時代

陳家橋 著

陳，在一次陌生人闖入的情形下，成為一個殺人的疑犯，他必須找尋凶手，找尋這個和他打扮一樣的陌生人；就在他從化妝師那尋找線索時，他落入一個如真似幻的情境，在無法自拔時，他被指為瘋子，被控謀殺，他要如何去面對這一切的問題……。

⑲⑥ 寶島曼波

李靜平 著

年少時天真得令自己淪為笑柄的悲慘遭遇，事過境遷後往往反為記憶中開心的片段。本書中收錄著作者兒時的種種突發奇想，那屬於孩提時代的天真、忘我，有的令人噴飯，有些令人莞爾。在兒時距我們越來越遠的當兒，本書絕對讓你返老還童。

⑲⑦ 只要我和你

夏小舟 著

本書作者早年負笈日本，而後旅居美國。儘管足跡從保守的東方跨入開放的西方，但作者對兩性情感世界的關注卻不曾稍減。書中所收一篇篇帶著遺憾的真實故事，不甚完美的結局，恰能提供你我一個正視情感與人性的機會。

⑲⑧ 銀色的玻璃人

海男 著

「林玉媚走進了花園深處，她想看看吹奏薩克斯風的這個人是誰？……」是什麼樣一段不為人知的記憶，輕輕撩撥這即將邁入三十的女醫生心絃？循著四月天的癌症病房，她慢慢鋪陳出一段段似有若無的感情軌跡，讓心隨著它一同飛翔。

國家圖書館出版品預行編目資料

波西米亞樓／嚴歌苓著. --初版. --臺北市：三民，民88
面； 公分. --(三民叢刊；194)
ISBN 957-14-2928-7 (平裝)

855　　87016926

網際網路位址　http://www.sanmin.com.tw

著作人　嚴歌苓
發行人　劉振强
著作財產權人　三民書局股份有限公司
臺北市復興北路三八六號
發行所　三民書局股份有限公司
地　址／臺北市復興北路三八六號
電　話／二五〇〇六六〇〇
郵　撥／〇〇〇九九九八——五號
印刷所　三民書局股份有限公司
門市部　復北店／臺北市復興北路三八六號
重南店／臺北市重慶南路一段六十一號
初　版　中華民國八十八年四月
編　號　S 85453
基本定價　叄元肆角
行政院新聞局登記證局版臺業字第〇二〇〇號

ISBN 957-14-2928-7 (平裝)